献给会做梦的小朋友

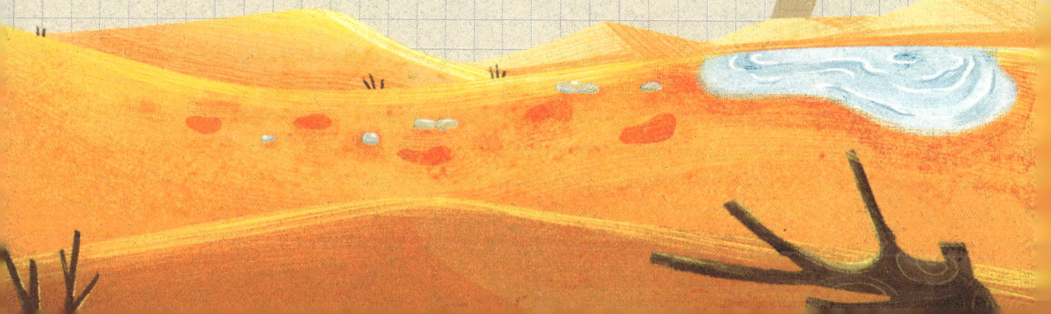

世界上最大的鸟巢

SHIJIE SHANG ZUIDA DE NIAOCHAO

谢志强——著

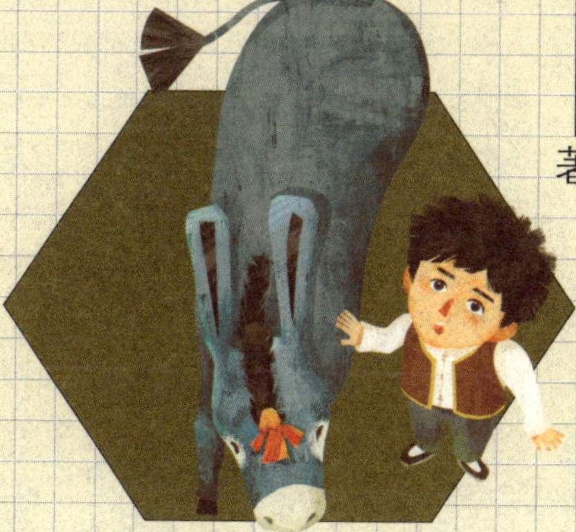

时代出版传媒股份有限公司
安徽少年儿童出版社

图书在版编目（CIP）数据

世界上最大的鸟巢 / 谢志强著. -- 合肥 : 安徽少年儿童出版社, 2025. 5. -- ISBN 978-7-5707-2365-2

Ⅰ. I247.7

中国国家版本馆CIP数据核字第2024FT7413号

SHIJIE SHANG ZUIDA DE NIAOCHAO

世界上最大的鸟巢 谢志强 著

出 版 人：李玲玲 策 划：张 怡 责任编辑：王龙娇 张 怡

责任校对：邬晓燕 责任印制：朱一之 装帧设计：毛 瑞

绘 图：画盟插画工作室

出版发行：安徽少年儿童出版社 E-mail:ahse1984@163.com

新浪官方微博：http://weibo.com/ahsecbs

（安徽省合肥市翡翠路1118号出版传媒广场 邮政编码：230071）

出版部电话：（0551）63533536（办公室） 63533533（传真）

（如发现印装质量问题，影响阅读，请与本社出版部联系调换）

印 制：安徽联众印刷有限公司

开 本：889 mm × 660 mm 1/16 印张：9.75 字数：65千字

版 次：2025年5月第1版 2025年5月第1次印刷

ISBN 978-7-5707-2365-2 定价：30.00元

目录

MULU

创作谈

1 驴打滚

洪柳不眨眼地遥望，太阳像个大火球，从沙漠尽头的地平线喷薄而出，仿佛从他的心里升起。他每天早晨都会眺望太阳升起的整个过程，像举行一种仪式，就如同学校举行升旗仪式那样。他总以为太阳是被他看得升起来的。

这个早晨，连队西边排碱渠的木桥上出现了一头毛驴。桥背有点拱起，那是一个制高点。毛驴伫立在桥上，像吹集结号，“昂叽昂叽”地叫起来，音量超过了连队前边一棵三人合抱那么粗的胡杨树树顶的大喇叭传出的声音。

这是一个大礼拜天，在农场，每劳作十天才休息一天。洪柳望着太阳冉冉升起，好像正在完成一项顶顶重要的事情；然后他和小伙伴潜进土坯屋前的小林带里玩耍，追鸟、爬树。这会儿，一听毛驴叫，小伙伴们立刻跑到了篮球场，夹道欢迎。阳光好似给道路铺了一层亮灿灿的地毯。那是去食堂的必经之路。

毛驴又来替画家领取每个月的定粮和菜籽油了。每个月的第一个大礼拜天，毛驴准会在这个时候进连队。

画家是连队的护林员。那条林带处在绿洲和沙漠的接合部，是农场最宽最高的一条林带，由钻天杨、沙枣树、榆树、桑树混栽组成。连队的文教说那是一条绿色的长城，是绿洲的屏障。

护林员是洪柳爸爸的战友，在解放战争时立过功。一次战斗中，一枚炸弹飞过来，炸断了他的左腿，他就自制了一条木腿。他和洪柳的爸爸都属于残疾军人。一次，洪柳偶然听见爸爸妈妈说悄悄话，爸爸担心画家的脑袋可能当年被炸弹震坏了。

洪柳没见过画家亲自来连队，他总是叫毛驴在固定的时间来领粮食。有急事的时候，毛驴就成了通讯员。连队里的职工，都叫他“毛驴画家”，以至于快要把他的真实姓名给忘记了。若童连长偶尔提起他的姓名，大家会以为是在说一个陌生人，仿佛连队就没有这个人。

叫他这个绰号，倒也名副其实。一是他要领粮、办事，都由毛驴出面。连队里的人都给足毛驴面子，把事情办得妥妥帖帖的；二是他特别擅长画毛驴。据说，有一天夜晚，月光如水，他不睡，点上马灯，画了几十头毛驴，大大小小，姿态各异，栩栩如生。这样一来，毛驴画家就被罩上了神秘的光环，好像他拥有一大群毛驴。

洪柳喜欢涂鸦，家里的床档、桌板、墙壁上，布满了他用小刀、铅笔或刻或划出的图案。爸爸不让他到毛驴画家那里去，担心他好奇，跑进沙漠里。洪柳想象，毛驴画家一定养了一大群毛驴，要不然，怎么能画出那么多毛驴？来连队办事，只派这一头脑门戴着一朵绒花的毛驴，它已熟门熟路。毛驴出现的时候，简直就是小伙伴们的节日。

毛驴一叫，连队的司务长就及时赶到食堂。粮库挨着食堂。毛驴不同的时候来叫，都有对应的人出面照应。

洪柳和小伙伴们挤挤拥拥，跟随着毛驴，穿过篮球场，来到仓库。司务长已等候在门前，说："来啰，很准时呢。"

一群小孩围着毛驴，保持着距离，都怕毛驴尥蹶子。其实，画家的毛驴向来很温驯。小孩们却都想等着看好戏。

仓库前的土台阶下边，横着一截碗口粗的榆木，够三个大人或五六个小孩一溜排坐，还供来这里的马或驴拴缰绳用。唯独画家的毛驴例外，它没笼头，没缰绳，背上搭着两个空布袋，可以分装不同的粮食。一个是用来装苞谷面的粗粮袋；一个是用来装小麦面的细粮袋，里边还有一个小袋，可以装大米。它的脖子上还挂了个像铃铛似的玻璃瓶，

用来装菜籽油。

洪柳听爸爸说过这一截立起来跟他个头差不多高的榆木的来历：有一回爸爸去画家那儿，下梯子时被梯子前的榆树枝刮了一下脸，那痛感如同被扇了一个巴掌。画家说，榆树在我门前站岗呢。爸爸认为一棵树直接冲着门口站着，很容易造成被“包围”的幻觉。画家却说：“我愿意被树包围。”

连队盖房子，主要用的是从塔克拉玛干腹地的原始胡杨林伐来的木材。可是爸爸对那棵刮过他的榆树耿耿于怀，就建议用它做房梁，只是尺寸不对，粗细不搭，就被闲置了。那截榆木开始等待适合自己的岗位，无意之中，却承担了拴马系驴的任务，还能供人坐着歇歇聊一会儿天。好像榆木很适合这样的活儿。肥或瘦、大或小的屁股坐在上面，磨多了，渐渐光滑了，像被磨过砂一样。于是，榆木的这项工作内容就被不约而同地默认了，没人惦记它还能再派上别的什么用处。榆木好像也很安分地接受了这项只需要横躺着的工作。

司务长拿出满满一红柳筐他预先准备好了的新鲜苜蓿，这些苜蓿是洪柳的爸爸头一天割来放在马厩那儿的，苜蓿里还藏着可爱的小虫子，以瓢虫、蟋蟀居多。司务长把筐子往榆木旁一放，取下瓶和袋，抚了抚驴的脖子。洪柳知道，那叫捋顺毛。爸爸说洪柳的脾气，就像头倔驴似的。妈妈倒是常表扬他。文教叔叔说，这叫一个扮黑脸，一个扮红脸。

司务长冲着毛驴说："你慢慢吃，我去称粮。"

小孩们起哄，纷纷喊："要开始了，要开始了，我们等得好着急。"

过一会儿，司务长拎出来两个饱饱的袋子和一个油瓶，往土台阶上一坐，显得很耐心地在等待着什么。毛驴难得来一趟，他就先让它歇一下。不过这毛驴看见一群小孩，好像急着要表现一番。

鲜嫩的苜蓿转眼间进了毛驴的肚子。突然，像是中了弹，毛驴身子一歪，轰隆一声倒地，四肢朝天，似乎要扒拉高空中的云朵；又似天地颠倒，毛驴欲在天空中行走。

小孩们齐声鼓掌喝彩。因为他们在渠里洗完澡爬上渠堤的时候，撅着屁股，眼睛通过胯裆看出去，也是这样天是地，地是天。

随即，毛驴滚向左边，滚向右边，激起的沙土像着火冒烟。洪柳禁不住张开嘴，这情景，跟他跳进渠里洗澡差不多。毛驴笼罩在尘烟之中，然后腾地站起，摇摇头，甩甩尾，“昂叽昂叽”地叫起来，引起马厩那边的毛驴遥遥相应。驴叫的声音仿佛是连队里升起的炊烟。

洪柳看得忘了自己。“舒坦！”他似乎也要体验一番，就脱掉上衣说，“学习毛驴，我也来个驴打滚。”

司务长笑了，说：“你非要加演个节目，小心你爹揍你屁股。”

洪柳起身，又拍又掸，一身尘土飞扬。他说：“试试就知道了，真的很舒坦。”

小伙伴们不愿弄脏衣裤，就模仿着洪柳的爸爸，说：“倔驴，土浴。”

土浴是连队文教给驴打滚安的一个雅词。

司务长把两个鼓鼓的袋子分搭在驴背两边，油瓶系在驴脖上，那里有个小挂钩。毛驴画家很周到，还在驴的脑门上别了一朵鲜红的绒花，好像是让毛驴来相亲似的。

小伙伴们尾随着毛驴，一阵呼唤，仿佛是毛驴率领的一支童子军。渐渐地，一个一个脱离队伍，毕竟想看的节目已结束。到了排碱渠

的桥头，只剩下洪柳跟着毛驴走了。伙伴们纷纷呼唤他：“大头大头，去晒稻场玩捉迷藏啦。”洪柳一概不予理睬，只在心里想着：到时候，看你们还能不信？

小伙伴们不知道，洪柳学习驴打滚起来之后，觉得好像已经跟毛驴套过了近乎；他起念跟着毛驴走，要去见画家。

他说有一片沙漠因为他的梦而变成了绿洲，小伙伴们都不相信。画家每天都直接面对沙漠，能侦察到沙漠的变化。听爸爸说，画家曾当过一次侦察员，装扮成小木匠，深入敌后，抓来“舌头”[1]。老师说过：“站得高，看得远。”他知道画家住的屋子搭建在树上，大人说那是世界上最大的鸟巢。他要托画家多关注一下沙漠里才出现没几天的一片

①舌头：这里指俘虏。战争年代有时将从敌方抓来的俘虏称为“舌头”。抓舌头主要是为了获取情报。

绿洲，那是被他梦绿了的沙漠。

洪柳曾经去连队的羊圈那儿委托过羊倌，帮他多留意一下由他梦绿了的那片沙漠。羊倌每天早晨要把羊群赶到沙漠，傍晚再赶回来。当晚霞染红了西边天空的时候，洪柳站在干打垒[1]的羊圈前，等待着羊倌带来好消息。他发现离羊圈不远，有个像沙丘一样的土包，上面长满了草，绿得发暗，那是营养充足的表现。附近的草都被归来的羊顺口啃得只剩贴近地皮的部分，好像都怕得直往下缩。唯独绿色的土包没有羊啃过的痕迹。那么好的草，羊为什么不去吃？羊倌对他的委托毫不尽心，还嘲笑他。

有一天，他出于好奇，带着跟他差不多高的当地的一种铁制农具坎土曼，掘开了土包，发现里边

---

①干打垒：一种当地常见的土房子，除了门窗和房檩需要用少量木材外，墙体全部用泥土夯实垒起来。

竟然藏着一只长角的公羊。羊毛也发绿，像染过一样，身体已被茂盛的绿草吸收了，只剩个空骨架。羊倌平静地说它曾经是领头羊，也是一场沙暴的受害者。没了它，羊群乱跑，可苦了人。洪柳对父亲说了发现羊坟的事情，父亲说，羊倌的一个同村战友牺牲后，他就不跟别人说话了，脾气也变得古怪，常常自言自语。上一任羊倌偷吃过羊，还谎报损失，就像让老鼠守粮仓。连长知道他忌食羊肉，就让他当了羊倌。起先他闻不惯膻气，闻了就呕吐，吐了几回之后就慢慢适应了气味；但他仍忌食羊肉，那个羊坟就是证明。洪柳听后，脑海里出现了这样的场景：领头羊吃饱后，从他梦绿的那片沙漠里饮了水出来，撑死了。

洪柳觉得别人都不把他的梦当回事，就把希望寄托在画家那里了。

2

播绿了一片沙漠

这个梦，给同学讲，对羊倌讲，向老师讲，跟妈妈讲……讲的次数多了，洪柳发现，每讲一次，梦的内容就增加一些细节。于是，洪柳的梦就成了电影放映似的一个个特写镜头：

他不知为什么进入了沙漠，朝着太阳升起的地平线走。走着走着，他突然发现背后的绿洲消失了，他像踩在烫脚的魔毯上，不敢停脚，只是奔跑。头顶上的太阳如同火球，烤得他汗刚出来就瞬间干了，哈出、吸进的气，热烘烘的；嘴唇像打磨农机铸件的砂皮似的又干又裂，舌头一舔，就刮得生疼。他的脑袋晕晕乎乎，像一锅苞谷面糊糊。腿已经软弱无力，沙子似乎要含住他的脚，鞋里灌满了沙粒。

他将爸爸讲的关于魔毯的故事投射在梦里了。

他看见一个巨大的沙丘，周围有许许多多小沙丘，像食堂刚揭笼盖的大馒头，冒着蒸汽。大沙丘顶有一丛红柳，绿得特别惹眼，像小女孩扎的一根冲天辫。

他爬上这个大沙丘，向四处眺望，却望不到绿洲的影子。沙丘反而像巨浪，从四面八方向他涌来。后来，听爸爸说垦荒时，画家半夜出地窝子上厕所，呼喊：“我们被包围了！”

他也被包围了，只不过是被沙丘。他趴下，把头伸进红柳丛纳凉，还解下红领巾，系在红柳枝的顶端。要是有人远远看见火炬一样的红领巾，就一定会找到他。

洪柳又热又渴，似睡非睡，他看见红领巾一下子升了起来，像被一根杆子撑起的小红旗。他发现，从红柳枝里喷出一股水，那是爸爸说过的雪娃融化了变成一眼泉的地方吗?

他惊喜地发现，一股水高高地喷起，把红领巾托上去，确实像一面旗帜。那是绿色的水，红柳本身也跟水一样，喷涌，降落；不断地喷，不断地落。洪柳眼看着水流下大沙丘，又在沙滩漫延，还爬上旁边的小沙丘，翻过去，溅起朵朵水花。

水到之处，立刻绿茵茵的一片，细看 ,是青青的嫩嫩的密密的小草。他跑下沙丘，跟着流动的水，鞋子也沾了绿。水流像是在铺地毯，他赶过去，地毯自动打开，向前铺展。

他像啦啦队队员那样大声鼓动着：“加油！加油！”水柱托着红领巾，要是来寻找的大人看见红领巾，找到这里，他会骄傲地说：“你们看，确实是我把这片沙漠梦成了绿洲！”

他听见沙子吃水的声音，仿佛沙子很久没遇上水，渴得够呛，贪婪地吸着，喝进了，立即绿了。踩草皮和踩沙子的感觉很像，都是软乎乎的，只是草地不陷脚。洪柳生怕那股水抵不过沙漠的饥饿，

他奔来奔去，手放在嘴前，张开成喇叭状，又是号召，又是鼓励。他呼喊："再加一把劲儿，把沙漠全都变成绿洲。"

水分为多路，到处都是沙子吸水的声音。洪柳把这当成美妙的音乐，听着听着就欢欣鼓舞起来。他在绿草地上学毛驴打滚，又翻了几个跟头；他还模仿电视剧里的孙悟空，反手遮在眉上，做了一个远眺的姿势。

妈妈推醒他。被子掉在地上。他埋怨道："你打断了我的好梦，要不然，我快把整个塔克拉玛干的沙漠都梦绿了。"妈妈说："看你这睡相，起床吧，要迟到了。"

洪柳的身体又瘦又矮，显得脑袋奇大，仿佛脑袋长得过快，身体没跟上。他奔跑起来，就像一根线牵着一个气球。有同学给他起了个绰号：大头。

那天，他兴冲冲地跑到学校，迫不及待地把新的梦告诉了班里的同学。同学笑他：“大头大头，装满了梦。谁都不信，他却当真。”“你还当真了？”还有同学从来不做梦，很稀奇，问梦是怎么回事。他还嘲笑：“梦也不会做，我就不好说了。”

洪柳念小学三年级了，总把梦境与现实混淆在一起。他很委屈：“明摆着是我梦绿了沙漠，同学们为啥到现在还不相信？”他甚至想做个试验，用来惩罚不相信他的梦的同学——回一趟团部学校，待在一个可亲的老师家里。如果他不在连队，那么阳光就不会照到连队所在的地方，就会出现沙尘暴天气，白天如同黑夜。他不在的地方就没有阳光：“是我把太阳看得升起来的呀。”

上课时，他也走神，牵挂着那片沙漠里的绿洲。课后，老师问他为什么上课老是开小差。他指指脖颈，复述了他的梦。第一次撒谎让他脸发热。他说：“没戴红领巾，红领巾留在了绿洲。”那是他做的一个记号，作为梦绿沙漠的证据。其实，他把红领巾落在家里了，不过从那以后，他就不戴红领巾去学校了，因为要保障并加强梦的真实性。

洪柳又特地去见连队的羊倌，托付他顺便关心一下自己梦绿的沙漠："一旦发现，就把消息告诉我，先不对别人透露。"羊倌摇摇头，还不屑地笑他说："你是咸吃萝卜淡操心。"

他在学校的表现，被老师通知家长——收收心。其实，现实中，他还没进过沙漠。连队的大人忙，总不能把小孩系在裤腰上，他们不约而同地编造出各种沙漠里无比危险的故事，用故事阻止小孩进沙漠。就像他爸爸给他讲过只要一踩上沙漠里的魔毯，脚就停不下来的故事。他把梦绿沙漠的情景向爸爸坦白了，想要争取爸爸的支持。

爸爸说："垦荒年代，那么多战士，天不亮就出门劳作，天黑透了才回家，只在沙漠的边缘开垦出来一点绿洲，就是我们现在的农场。要是能像你说的这么简单，还用得着那么多人，费那么大的劲，流那么多的汗吗？”

洪柳欲辩解，爸爸板着脸说：“吃起饭来倒像个大人，吃了这么多年的饭，你连一封信都写不好，吃进的饭都跑到哪里去了？你胆敢进沙漠，我非打断你的腿不可，叫你像毛驴画家叔叔那样。”

爸爸和毛驴画家是战友。洪柳也画过毛驴，可是，同学们说那像一只兔子。爸爸倒是表示过让他跟画家学画画。但是前提是，要先多识字，再学画画。

他看见代替画家来领每月定粮的毛驴，就起念跟着毛驴走，打算把自己梦绿了沙漠的事托付给画家。画家靠得住，待在沙漠和绿洲交接处的那道防沙林里，随时可以观望沙漠的动静，还会依据他的梦，画一幅画，证明确有其事。那就比他这个小孩说的话更有说服力。

他还猜测，爸爸讲的故事里那个向着太阳升起的方向奔跑的雪娃，就是跑进他梦里的那个大沙丘了。不然，沙丘怎么会冒出水来?

3 一大群其实就是一头

毛驴走进林带，立住，伸脖，仰头，“昂叽昂叽”地叫开了。洪柳知道这是毛驴在通知画家“我回来了”。有点像他家的母鸡，下了蛋，走出窝，“咯哒咯哒”报喜讯，妈妈就会撒一把苞谷，说：“知道了，知道了，亏待不了你。”

洪柳发现，刚才满树枝麻雀叽叽喳喳的叫声戛然而止，仿佛他是个猎人。他听见高处的窗口传来声音：“嘿，还带来了个小贵客。有朋自远方来，不亦乐乎。”

文绉绉的，洪柳没听懂，只知那是课本中古文的腔调。他发现了繁茂枝叶中的“世界上最大的鸟巢”。窗户像镜框一样高高悬着，一个戴着眼镜的叔叔站在鸟巢的窗前。洪柳招了招手，说：“画家叔叔好。”

镜框一下子空了，转眼间，毛驴画家来到他的面前。洪柳注视着他的腿。爸爸说画家安了一条假腿，他却一点儿也看不出，好像假腿已和画家融为一体了。

画家弯下腰，大手握住小手，说：“洪柳，长得这么高了！”

洪柳能感觉到大手上粗糙的老茧。他之前一直在团部学校上学，这个学期，妈妈调过来跟爸爸在一起工作，他就转到营部职工子弟学校上学，离连队一公里多路。他说：“你咋知道我叫洪柳？”

画家说：“你就像用你爸爸的模子翻出来的。我还知道你为什么有这个名字，这可是我给你起的。你出生时，沙漠里的红柳开花了。”

洪柳说：“我们学校有个美术老师，从不画毛驴，只是摆个不会动的东西让我们画，我觉得没劲儿，想看你画的会动的毛驴，会动的东西我掌握不了。”

洪柳在梯子前东瞅西看，像寻找什么遗失的东西。他说：“这里长过一棵榆树，怎么一点儿在这里活过的痕迹都不留？”

画家说：“你爸爸嫌它堵在门口碍事儿。”

登上木制的斜梯，走进敞开的门，几只麻雀扑棱棱飞出来，像玩战斗游戏掷出的小土坷垃，也就是小土块，洪柳本能地左躲右闪。他说：“屋子里咋有这么多麻雀？”

画家指指屋顶的一窝窝草，笑着说：“它们不熟悉你，就惊慌失措。它们也住在这个屋子里，我们相安无事，和睦共处。”

洪柳用目光扫了一遍屋子，说：“麻雀偷懒，

占你的地方。叔叔，怪不得都说你这里是世界上最大的鸟巢呢。”

画家张开双臂，上下摆动，像扇动翅膀，说：“我跟它们一起，也觉得自己像一只大鸟。”

洪柳看看墙上挂的画，都是毛驴。他眨眨眼，像夜空中闪烁的星星。他正式提出第一个问题，双手做了个扩大的手势，好像要把什么包括进来，说：“你画了这么多头毛驴，应该养了一大群毛驴吧？我只看见一头毛驴，咋听不见其他毛驴叫呢？”

画家笑得弯了腰，竖起食指，说：“就一头，只有一头毛驴。”

洪柳一脸不相信的表情，说：“就一头，你怎么画出了一大群？大大小小的毛驴，都不一样呀。”

画家说：“连长照顾我，要给我配一匹马，可我只想要小毛驴。马厩里刚好有一头小毛驴才出生，我就领回来了。你想一想，一头毛驴的孩子，被我一手带大，我看着它一天一天成长，从小到大，一连串的毛驴形象，都印在我脑子里了。我闭上眼，就是一大群了。一大群其实就是一头，一就是多。”

洪柳乐了，说：“叔叔，你的脑袋像一个大驴圈，圈了一大群毛驴。”

画家说：“你爸爸也对我说过，他弄不清你的小脑袋里装些什么，净是些稀奇古怪的东西。这一点，我俩有些相似，琢磨一件事，不弄明白不放弃，

有一根筋的劲头，这跟别人不一样。”

洪柳来劲了，他踩了踩木地板，问出第二个问题：“钻天杨是长得最快的树，它往上长，这个屋子也跟着升上去了；要是一截一截往上升，升得很高很高了，比真正的鸟巢还要大好多好多，成了世界上最大的鸟巢，那时，你上下就更不方便了，会不会把它让出来，让它成为真的鸟巢？”

画家笑得拍手鼓掌，说：“高处不胜寒，我倒没想过。你这么一提醒，我也察觉，搭在树与树之间的屋子，原来离地很近，后来好像自动往上升了一截。”他指了指脚边，说，“毛驴住的地方也高出了许多，树长屋升，我习惯了。让不让出屋子，我倒没想过。你看，窗前的沙枣树上，也有鸟窝。大大小小的鸟窝，成了邻居，像是楼对楼。有时，我捉了虫子，顺手投过去，小鸟以为我也是它们的家长呢。”

洪柳看了画家展开的一卷画，画的就是喜鹊窝。他说：“树屋这么高，在这儿，连队的房子都能看见。叔叔，朝东那一边，你望沙漠，有没有发现什么？”

画家说：“沙漠只有一种颜色，不过，不变中也有变。比如，一只狐狸，一群羊，静中有动；还有沙丘上的红柳，点活了沙漠。”

洪柳关心的是最后一个问题：“你看见红柳上有一点红吗？就是一条红领巾。沙丘附近有绿草地吗？那是清水喷涌的成绩，那里可能是雪娃融化的地方。”

画家疑惑地看着洪柳，以为他把红领巾遗失在了沙漠里，说：“怎么，你进去过？雪娃的故事我知道。谁来讲，谁就是主人公。”

洪柳舔舔嘴唇，老师说过，重要的问题放在最后说，终于能说出他做的那个梦了，还一脸委屈的样子。他一股脑说出来：“沙漠确实被我梦绿了好大一片，那么大一片，你肯定能望见。我爸爸不相信，别人也全都不相信，我得找到证据。叔叔，你一定能帮我找到，好大一片；要不然，绿洲就要被沙漠像吃煎饼那样吃掉了。”

画家沉默了，用手指扶一扶眼镜架，摇着头说：“沙漠怎么会吃掉你的梦？”

有一次课堂上，一只麻雀在窗前的沙枣树枝头叫着跳来跳去，像是有急事要告诉他。老师发现他又在走神，就点了他的名，叫他起来回答问题。眼前的画家跟当时的他一样为难。他盯着画家。

画家干咳了一声，给他讲了一个夜袭的故事。起先，洪柳还以为是战争年代的故事，没想到却是垦荒年代的故事。

那时候，他们在沙漠边缘垦荒，砍胡杨，平沙丘，住地窝子。现在，羊圈旁边还保留着地窝子，羊倌住在里边；洪柳托羊倌帮忙的时候下去过，地窝子外形就像个大沙丘。一天深夜，画家起来解手，忘了戴眼镜，从地底下走上去，突然愣住了，地窝子周围都是一群立着的影子。他转身跑回地窝子，喊：“我们被包围了！”战友们被惊醒了。枪已入库，他们就操起坎土曼冲出去，朦胧的月光下，到处立着或躺着胡杨树。战友们埋怨他，好好的梦被打断了。第二天早晨，他看见那是一片枯死的胡杨林，有的已被伐倒。

他说：“幻觉，幻觉，我以为是遭遇了一场夜袭。沙漠地带，常出现幻觉，我闹过好几回笑话。我想，那些胡杨在怀念这个地方，我们占了它们的根据地。”

洪柳脱口而出：“叔叔是个胆小鬼。”

画家反问：“是吗？我还是第一次听人说我胆小呢。见了沙漠，我确实胆小起来，感到自己渺小。”

洪柳一时还没弄懂画家的幻觉和自己的梦境有什么关系。按课堂上老师的说法：“答非所问，牛头不对马嘴。”

这时，毛驴在地板下边“昂叽昂叽”地叫起来。画家说：“它提醒我该去巡逻了。要不，你也陪同我们一起走走？”

4 箭头

两个人，一头驴，挨近林带走。洪柳时不时看看画家的左腿，说：“叔叔，你还是骑上毛驴吧。往常，你都是骑着毛驴巡逻的吧？”

画家说：“哪有大人骑驴让小孩走的事儿，你走，我也走。”

洪柳说：“那边，靠近绿洲那边的林带看不透呀，怎么办？”

画家画了一个虚空的圈，说：“去，从沙漠这边；回，从绿洲那边，来回就都看到了。”

毛驴在前，时不时地甩尾巴，像是招手说“跟上来”。

洪柳看见，毛驴每甩一次尾巴，就有几只苍蝇飞开。他讨厌苍蝇。那尾巴就像一个掸子。甚至，苍蝇还飞到他的头上盘旋，他一挥手，说：“讨厌，难听死了。”有一回，他受了冤枉，可爸爸说：“苍蝇不叮无缝的蛋。”

更多的时候，洪柳在朝沙漠望。

过了很久，画家说：“你还不忘你那个梦呀。”

洪柳一愣，说：“他们都说我在编谎，我要找到证据。”

画家望一望当头的太阳，说：“时间宽裕，我陪你见识一下沙漠。”

洪柳仰望直插天空的钻天杨，他像一棵低矮的小草；走一段，回头望，高高的绿色屏障矮下去了。沙子似乎要衔住他的鞋，留下一个一个小沙窝。前边是千篇一律的沙滩、沙丘，沙丘上留着涟漪一般的波纹。身后的远处，林带已是一条贴着地的绿线了。

微风转眼间就能抚平沙滩上的脚印，好像老师用黑板擦擦掉一道算术题。没有参照，没有足迹，他嘀咕："没有记号，怎么回去？沙漠想让我们迷路吗？"

画家说："沙漠总是及时消除外来的痕迹，还会把人类留下的东西收藏起来。"

一个景象闯入眼帘，仿佛此地曾经发生过一场惨烈的战争。画家说："这是睡胡杨林。"

洪柳说："不是睡，明明都死了。"

满目的胡杨，不见绿叶，似乎在跟沙漠的颜色保持一致；只是，像挣扎，像呐喊，像冲锋，像飞翔，像卧倒，像摔跤，千姿百态；仿佛听了一个权威的命令，都僵立在原地——死了千年不倒。这是洪柳的老师说过的话。

天空像从沙尘中漏出一些缝，发出一团团耀眼的光，像电影里打开了无数盏强光的探照灯。好多太阳，像创世神话中的无数个太阳。洪柳看不出哪个是太阳的原型。就像孙悟空拔掉一撮汗毛，就出现好多一模一样的孙悟空。绿洲里，不管多静，他都能听见细微的声音。可现在，他突然感觉自己聋了，难道这就是大人所说的“死亡之海”？寂静得仿佛能听出空气在摩擦的声音。他咬住嘴唇，似乎要阻止沙漠趁机吸收他体内的水分。

画家递来水壶。水在洪柳的喉咙里动听地响，他想到在稻田灌水的声音。毛驴也注视着他喝水，他像是不好意思，把水壶还给画家。

突然，洪柳听见嗡嗡的声音。他仰脸望天，以为是安-2飞机来了，却发现是一只苍蝇在他的脑袋周围盘旋。自己的听觉放大了苍蝇的声音。

那是一只绿头苍蝇，它的飞行轨迹犹如一条黑色透明的丝线，缠绕着他。顿时，睡胡杨林活了，有了生命的迹象。他的目光追随着苍蝇，惊喜地叫：“苍蝇，苍蝇，一只苍蝇！”

“苍蝇，苍蝇，一只苍蝇！”

画家说："它不知等待了多久，终于等来了我们三个活物。"

洪柳说："我最讨厌肮脏、丑陋的苍蝇。叔叔，在这里，我怎么觉得苍蝇亲切可爱了呢？"

画家说："绿洲，沙漠，不同的环境里，对同一个物种，会有截然不同的评语。从厌恶到亲切，这是一只脱离了固定评判的苍蝇。"

洪柳说："我妈妈就讨厌乌鸦，她说乌鸦叫不是好兆头。我倒喜欢乌鸦，特别是大雪天的乌鸦。到处是白，来了一点移动的黑。"

画家说："乌鸦就是乌鸦，它是一种鸟。"

好像是洪柳对寂静感到不习惯时出现的幻觉。他察觉到时，苍蝇消失了，他不知道苍蝇什么时候飞走了……又恢复了寂静，寂静得仿佛要出什么事。洪柳爱看战争片，他记得《南征北战》里有一句台词："没有动静，就是快了。"

画家停住脚，突然说：“你看。”

洪柳紧走几步，看见一条鱼，是大头鱼，新疆大头鱼；有他的小胳膊那么粗、那么长，身体已干缩，剩下一个大头的空壳，像生物课上老师拿来的动物标本，外表仍保持着原来的形状。他蹲下，发现大鱼的后边有一群小鱼，是大头鱼的孩子，也已成了鱼干，保持着游动的姿势。他说：“这里有水流过的痕迹。”

画家说：“下暴雨，发洪水，绿洲里的洪水排进了沙漠；沙漠的胃口很大，很快就把水喝下去了。”

洪柳看出，有一道浅浅的沟，染着褐红色的沙泥，已龟裂了，板结了。别处已被沙子掩盖，只剩这一段，时隐时现。可以想象出洪水的气势和流量。他惦念起被他梦绿的那片沙漠，可能被洪水盖住了吧。绿洲里，一下暴雨，就发洪水。

画家的口气像老师，提问："洪柳，大头鱼的头，像什么？"

洪柳瞅了片刻，说："像箭头，绿洲道路上指示牌上的箭头。"

"那么，箭头指向哪里呢？"

洪柳望着来的方向，已看不见林带，林带仿佛已沉入地下。他说："它指向我们的绿洲。可能大头鱼察觉到水即将干涸，要返回绿洲，可是已经来不及了。"

画家说："看到箭头，我们就按照箭头所指的方向返回吧。"

洪柳说：“叔叔，要不，你骑上毛驴，再走一走，看一看？”

画家说：“你这小脑袋里有一对翅膀，还想飞呀？毛驴是人类在绿洲中的伙伴。去沙漠的腹地，要骑骆驼。”

骆驼是沙漠之舟。洪柳说：“叔叔，你来睡胡杨林有好多趟了吧？”

画家抚摸着毛驴的耳朵，对洪柳说：“遇见你的梦可不是一件容易的事儿呀，小家伙，你跟我都是一根筋；凭这一点，我们搭得拢。”

洪柳说：“在我爸爸的眼里，我一无是处，他老是挑剔我的不是。”

画家像是自言自语：“我这个战友，对孩子要求得过分严格了。”

洪柳冒出一句：“他对雪娃咋那么好？偏心眼。”

画家说：“那是我的一个梦。好多战友都会把雪娃讲成自己小孩的故事，那时，连队还没有小孩。”

这时，洪柳听见一声麻雀叫，不是林带中的“众声喧哗”，而是单调地叫，只听叫声，不见影子。毛驴也支棱起耳朵，像是拉起收音机的天线。但是，叫声像被沙漠迅速地吸收了。沙漠保守着自己的秘密。

画家边走边说：“沙漠里的东西，有时，看不见不一定不存在，有时，看见了不一定存在。”

洪柳说：“看见了怎么不在？老师说，眼见为实呀。”

画家说：“比如，海市蜃楼，突然出现一片湖水、一片绿洲，不一会儿就消失了。”

洪柳说：“那是沙漠在做梦。”

5 雪娃

闹了半天，雪娃的故事是画家的一个梦。

加上画家亲口说的梦，洪柳一共听过三个版本的故事。最早是爸爸对他一个人讲的版本。两年前，他发高烧，爸爸陪着他，他要求爸爸给他讲个打仗的故事。爸爸却讲了雪娃的故事，好像除了洪柳，爸爸还有另一个孩子那样。

垦荒年代，爸爸与画家在同一个连队，住同一个地窝子。爸爸发起徒手垦荒的号召，就像他和小伙伴在渠里洗澡那样垦荒。他难以想象大人什么也不穿，挥舞坎土曼开垦荒原的情景。沙尘笼罩就像是为了掩护战士们。爸爸说，出汗、日晒，衣服会经受不住，破得快；皮肤磨破了，还可以再长。那时，连队里都是清一色的男人，所以，画家梦见了一个小男孩，大家不但给他起名，还把雪娃当成连队的孩子。每个人讲一遍，都很自然地充当故事里的爸爸。这是画家自豪的地方，是画家创造出了一个雪娃，让所有战友都高兴。

爸爸也把画家的梦讲成了自己的故事。岳老师听洪柳提起雪娃的故事，就邀请他爸爸来讲，他第一次看见同学们向他投来羡慕的目光。他发现，爸爸给同学们讲故事的时候，即兴增加了一些细节。

一个故事他听两个人讲了三遍，不同的时间，不同的场合。洪柳想着“闹了半天”，其实是很长很长的时间，起源是垦荒年代画家做的梦。算起来，那时洪柳还没出生呢。

走在回家的机耕路上，每踩一脚，都像冒出一股烟；洪柳在脑子里重新组合三个版本的故事，当然，他顶替了雪娃，维护着自己爸爸的位置。

“你从哪里来？你爸爸在哪儿？你妈妈在哪儿？你要到哪里去？你叫什么名字？”是画家在梦里这么问的。可在故事里，洪柳还是让爸爸第一个看见小男孩。小男孩从太阳升起的沙漠那边过来，可能遭遇了沙尘暴，迷失了方向。

雪娃是会说话的，可是，不管爸爸怎么问，他什么也不回答。爸爸抱起他，他躲开脸。洪柳好久不见爸爸的时候，反应也跟雪娃一样。爸爸笑了，说：“嫌

我胡子扎？”

确实是画家在梦里给小男孩起的名字。起先，他也把雪娃视为哑巴。

现在，爸爸和洪柳都是故事里的主角了。连长任命爸爸为雪娃的临时爸爸。爸爸刮了胡子，所有的战士都刮了胡子，好像迎接首长来视察

一样。

沙漠地带昼夜温差大，白天太热，雪娃待在地窝子里；晚上，爸爸醒来，发现雪娃躺的那半边地铺空了，雪娃的被窝总是凉凉的。爸爸既期待又担忧雪娃的爸爸妈妈会找过来。到了冬天，还是没人来找孩子。晚上，爸爸把棉大衣盖在雪娃的被子上，雪娃会出汗，可身体还是凉得像雪。每一个深夜，爸爸都会发现，雪娃那边的地铺是空着的。

爸爸以为，雪娃是趁夜里出去玩耍。小男孩都贪玩，白天待在地窝子里，憋闷得难受，夜晚的沙漠，神秘、奇妙。有一天，雪娃回来开口叫了一声爸爸。随后，地窝子里的战士都纷纷争取让他这么叫。他就成了连队的儿子。

这里，洪柳加了一个细节，他把自己的经历放在雪娃身上了。夜色笼罩着开垦出来的田野，地暗天明，夜空中繁星闪烁，他——已是雪娃，注视着一颗明亮的星星，星星沿着他目光的轨迹滑下来。星星像小孩的眼睛，画家也这么说过。

其实，雪娃根本顾不着仰望星空，他看星星只是为了辨别方向。他朝白天太阳升起的方向奔跑，到了太阳即将升起的时候，就折回，跑进地窝子。爸爸也发现了雪娃的这个秘密：日出之前返回地窝子。晚上活动，白天睡觉，和别人倒了过来。

爸爸闻到雪娃身上有一股沙漠的气味，打算跟踪雪娃，弄清楚到底是什么吸引了他。

苞谷秆长到膝盖那么高了。白天，太阳像个大火球，烤得地上发烫。晚上，雪娃还是照样溜出去。爸爸不追问，爸爸知道若是问出了雪娃的秘密，雪娃就会疏远他了。

画家讲梦，加了个细节：他当过侦察兵，发现绿洲和沙漠之间有一串小孩的足迹，新旧重叠。

爸爸不打扰雪娃，只是跟随。他以为雪娃是在梦游，如果叫醒，雪娃就会受惊。雪娃穿过的青纱帐和那条林带，已栽植了防沙林，就是现在画家守护的绿色屏障。

有天晚上，雪娃比往常醒得迟。他穿过杨树林，进了沙漠。爸爸忍住没提醒他塔克拉玛干沙漠进去出不来。爸爸给洪柳的同学们讲故事时，故意吊他们胃口："难道雪娃发现了传说中沙漠里的宝藏吗？"

听到这里，洪柳想到了被他梦绿的那片沙漠，仿佛他和雪娃有一个共同的目标。只不过，洪柳看太阳升起，雪娃怕太阳出来。洪柳认为，这是他俩的差别。

雪娃跑呀跑呀，跑上了一个大沙丘。沙丘顶上，天光照出一丛红柳，像小女孩扎着一个冲天辫。

雪娃立在沙丘上边，像一棵小胡杨，望着东边，不知在等待或盼望着什么。夜色像被掀掉的被子一样，太阳露出了脸。他尿过的地方，显出一片绿色。雪娃扭头，看见了爸爸。

爸爸想说：“雪娃，我背你回去。跑这么远，累了吧？”

第一缕阳光照在雪娃身上。雪娃像刚从渠里洗澡上来，一身水淋淋的，融化，缩小。

接下来，跟洪柳的梦一样了：沙丘上喷起一股水，雪娃变成了一眼泉。只不过在洪柳的梦里，有一条红领巾。

爸爸后悔，不该好奇雪娃的秘密，大人有大人的秘密，小孩有小孩的秘密。

洪柳是“蒸笼头”，爱出汗。他在回家的路上，像麻雀入住“世界上最大的鸟巢”一样编织出了属于自己的雪娃故事。直到看见了家门，他才从故事里飞出来。

妈妈说：“鸟儿还知道回窝啊？！”

爸爸拉下脸，说：“你身上有一股沙漠的气味。”

洪柳想笑，没笑出来，好像又成为故事里的雪娃。

爸爸说：“嬉皮笑脸，严肃些！坏了规矩，你知道吗？”

“是画家叔叔和毛驴一起陪我进的沙漠。”洪柳注意到爸爸的手准备出动，赶紧说，“画家叔叔说，雪娃的故事是他做的一个梦；你把画家叔叔的梦当成了自己的故事，我的同学还信以为

真。”

爸爸的右手安分了。洪柳暗自高兴，自己终于握住了爸爸的秘密。他说：“同学说，我就是故事里的雪娃，你把我背回来了。”

爸爸说：“那一年，你还没出生呢。”

洪柳说：“爸爸，你相信雪娃的故事，咋不相信我梦绿了一片沙漠？”

爸爸摊开结满老茧的双手，说：“我相信，改变沙漠要靠力气。好了，馒头要凉了。”

洪柳吃下第一口馒头，突然模仿起老师的语气问：“给不在同一条直线上的四个点连线，线要过每个点，连成后是什么形状？”

爸爸不以为意地说：“方形。”

洪柳得意地说：“圆形，也可以连成圆形。”

爸爸说：“世界上最大的鸟巢是方形的。”

洪柳说：“是立方体。”

爸爸讲起垦荒年代植树，为了让一排排树的队列整齐，就用草绳放线，遵循线来栽树。可能画家预先就有了怪念头，不按规矩多栽了四棵钻天杨，打乱了线，栽下了就掘不出了。

爸爸还说，那时的房子，是地窝子，都在地下。那个战友偏要在空中建房子，文教说那是“空中楼阁”，画家说树是房子的根基。再后来，树长粗了，长高了，画家主动要求护林，他早就想好了。他越来越不合群。

洪柳按照自己的思路继续说：“世界上最大的鸟巢是立方体，那是明摆着的东西。可是，还可以想象，过四个点，连成一个圆。”

爸爸说：“麻雀窝也是圆形。”

洪柳说：“画家叔叔也说我的想法好，他说想象虚幻的圆，套住实际的方，就叫内方外圆。”

爸爸又拉下脸，说：“你净说些悬空不着边的玩意儿。”

6 有个同学叫雪娃

爸爸喊："太阳晒屁股了，还赖被窝。"

洪柳看了一下朝东的后窗，嘀咕了一句"谎报军情"，随即，把头捂进被子。

妈妈说："让他再睡一会儿。最近，他睡得早，起得晚，可能身体不舒服。"

洪柳钻出脑袋，说："哎呀，小声点。"头又缩回被子。

爸爸妈妈降低了声音，只听妈妈说："儿子是不是出了问题？脑袋是不是被你打坏了？好像怕上学，总是拖拖拉拉。"

爸爸说："那么能吃，还能有问题？他就是害怕学习！我去食堂打饭了。"

静了片刻，妈妈揭开被头，问：“哪里不舒服？”

洪柳说：“我的梦都被你们吓跑了。”

妈妈说：“白天贪玩玩累了，晚上睡觉乱蹬被子。”

洪柳说：“你们所有人都不相信我。我要再做梦，让沙漠里的绿洲重新来到我梦里，我就可以拿到证据。你们弄得我连梦也做不成。”

妈妈说：“爸爸打饭去了。你赶紧起来，吃了饭，上学校，不然就要迟到了。”

那天，吃晚饭时，洪柳拿出一块橡皮擦，让妈妈闻。妈妈说：“好香呀，还有花香味儿的橡皮擦？”他叫妈妈猜一猜是什么花香。妈妈摇头，现在不是花开的时节，是即将收获的季节。洪柳得意地说：“这是玫瑰花的香味。”

爸爸插话：“人家的东西不能随便拿。”

洪柳说："是雪娃送给我的礼品，友谊的证明。"

爸爸说："故事里的雪娃怎么可能到了你们学校？"

班里来了个插班生，长得又白又胖，同学们就借爸爸讲过的故事里的人物，给插班生起了个绰号：雪娃。雪娃跟班里的男生玩不到一块儿，同学们也不愿跟他玩。自从同学们嘲笑洪柳"梦绿了一片沙漠"后，洪柳好像被孤立了；雪娃一来，和他同病相怜，于是他俩形影不离。他俩还在操场上模仿故事里的雪娃，朝着太阳升起的方向赛跑。

洪柳讲了他收获友谊的过程。

洪柳瞅瞅爸爸的右手，说："你老是不相信，雪娃的爸爸也垦过荒。"他立起来，跨在凳子上，说，"雪娃的爸爸当过骑兵。弄不好，你养的马里有他爸爸骑过的马呢。"

爸爸是连队马厩的饲养员，那是马吃香的年代，春天运肥，秋天收获，都靠马车运输。爸爸乐了，说："越说越近了，你问问那个同学的爸爸现在做什么？"

洪柳说："保密，这是我们的秘密。"

爸爸扫兴地说："小孩还能有什么秘密？"

洪柳说："只能让大人有秘密，难道小孩就不能有秘密？"

随后的日子，洪柳每天都通报雪娃的消息，仿佛饭桌是发布新闻的讲台。有一次，有个男生欺负雪娃，妈妈让他告诉老师，他说告了状，就欺负得更厉害了。他还不让家长插手。有一堂课，老师点名提问，雪娃答不出来，洪柳就提示，雪娃的耳朵特别灵敏，老师嫌洪柳多嘴。爸爸说："你现在能够给同学出主意，看来学习有进步了。"有一天，雪娃旷课，当然，他预先给洪柳打了招呼。雪娃趁着月夜，奔向沙漠，他要体验故事里的雪娃的行动。老师问起，洪柳说雪娃病了，前一天就头痛，发烧。他替雪娃隐瞒了秘密。妈妈松了口气："幸亏你没跟着进沙漠。"爸爸说："不能包庇同学的错误，那是错上加错。"

洪柳说："我不能出卖好朋友。"

一个大礼拜天，班主任岳老师按照预先说好的时间来家访，反映了洪柳近期在校的表现：常旷课，课堂走神，完全沉浸在自己的世界里，声称要去沙漠找出他梦绿了沙漠的证据，课间一个人在操场上奔跑，不是为了参加田径比赛，而是锻炼"朝着太阳升起的地方跑"的能耐。

妈妈问："是不是受了那个叫雪娃的同学的影响？我们洪柳说那是个插班生，从团部转学到了营部学校。"

岳老师说："这个插班生根本不存在。这样看来，问题就严重了。”

妈妈讲了洪柳睡觉盼做梦的情况，嗜睡也是个毛病。

爸爸搓搓手，说：“一大早，比上学还来劲，他就说雪娃约他一起去林带。等他回来，我非好好教训他不可。”

岳老师说：“这孩子，很在乎他梦绿的那片沙漠，已经沉浸在幻想之中。家长不能简单粗暴地对待他，要安慰、引导，让他意识到梦境和现实的区别。”

爸爸妈妈面面相觑，期待老师出出主意。爸爸说：“能吃能睡，我也没过问他在学校的表现；还编出个雪娃打掩护，那是我战友的一个梦呀。”

岳老师跟几位老师讨论过，她说：“美术老师的建议可行，让洪柳跟画家相处一段时间；但是，在洪柳的面前，暂时不要提他在学校的表现。”

午后，洪柳归来，帽子里装了个麻雀窝，窝中有六枚蛋，小小的蛋壳上麻麻点点。他说："我和雪娃比赛，看谁先孵出小麻雀。"

爸爸说："咦，这个季节还有麻雀在生蛋？"洪柳不吭声。

妈妈说："你应该把雪娃带来一起吃饭，我做羊肉拉条子慰劳你们。"

洪柳说："雪娃怕生，他从来不随便吃人家的食物。"

爸爸沉默片刻，说："你睡觉不老实，恐怕会压碎了蛋。"

半夜，妈妈给洪柳掖被子。洪柳蜷曲着身子，形成一个湾，怀里的麻雀窝像小船，泊在他身体的港湾内。那睡的姿势，像卫生院图片上孕妇腹中的胎儿。

肯定是爸爸给画家通了气，一大早，外面传来

“昂叽昂叽”的毛驴叫声。爸爸要去马厩，说：“毛驴来接你了。”

洪柳在被窝里说：“现在不去，我要孵出小麻雀，把它们从小养起，养熟了，带到画家叔叔那里放飞；让麻雀飞到沙漠，寻找我梦绿的沙漠，好回来报信。”

妈妈叹了一口气，说：“麻雀只喜欢待在绿洲，

沙漠里没有食物。”

洪柳复述画家的话：“全国各地都有麻雀，有人的地方有麻雀，没人的地方也有麻雀。”

妈妈给他备好了午饭，捂在被窝里。

洪柳沉不住气了，每天好几次，耳朵贴在麻雀蛋上，听里边的动静，想象未长羽毛的麻雀在里边啄壳。他盼望着小麻雀破壳而出，因此一直把麻雀窝焐在怀里，保持温度。

有天早晨，洪柳听见妈妈在梦的外边喊，像隔着一扇门。他睁开眼。

妈妈站在床边，说：“排碱渠水哗啦啦。”

自从上了小学，洪柳这还是第一次尿床。床单上湿了一大片，麻雀窝像海中的一条小船。他瞅瞅爸爸，关注那长老茧的手的动静。

爸爸没有启动手，只说：“这么大了还画地图呀？”

妈妈卷起袖子，说：“小心受凉，穿上衣服。”

洪柳咕哝一句：“雪娃还跑进沙漠里尿了一泡尿呢。”

妈妈拽了一把爸爸的衣襟，说：“你管你的牲口去吧。”

爸爸出去了。妈妈双手拎起被单，像挂电影幕布一样展示在洪柳的面前，说：“幸亏今天太阳好，好晒图。”

洪柳说：“形状像我梦绿的那片沙漠。”

妈妈说：“你还自豪？今天，你免不了一顿揍。”

洪柳说：“麻雀蛋会受凉。”

爸爸折回来了，说是忘了戴护袖。

妈妈抱被褥出门时，不知低声对爸爸说了一句什么话。

爸爸的脸没拉下来，看了眼床上被帽子套着的麻雀窝里的蛋，他取出一枚，说：“鸡蛋要母鸡孵，麻雀蛋得麻雀孵，人孵蛋，蛋会臭。”

洪柳来不及阻止，爸爸已捏碎了蛋壳，果然，一股难闻的臭气散发出来。洪柳咬咬嘴唇，好像还没完全从梦中抽离，莫名其妙地说：“天太热，雪娃融化了。”

妈妈进来说：“画家叔叔等你好久了。”

八

稻草人

远远近近，到处都是水声，像一大帮人走出沙漠俯身牛饮。每块稻田都开了口子，水正往排水渠里流，引水渠已安静了。洪柳听大人说过，这是条田的灌溉系统，像田野的血管。一块条田，长一千米，宽五百米，灌和排交替布局，稻田隔开一条引水渠、一条排水渠，如同作业本的线格子。现在，所有的渠都藏在稻浪下边。

排水渠的水，汇流到大排碱渠，然后又流进沙漠，排碱渠和机耕路并行。久未下雨，路上都是干燥的浮土，一踏上就起尘烟，洪柳被稻田里的水声吸引过去了，好像在欣赏学校的少年先锋乐队用大号、小号、大鼓、小鼓等合奏。稻田里像正在举行一场大型音乐会。

他从田埂转到渠埂，一跳，就能跨过渠。他对停水的引水渠不感兴趣，就逆着排水渠走。排水渠里长着密密的芦苇，时不时在晃动。他看见闪闪发亮的鱼鳞，那是巴掌大的鲫鱼片子。它们有时侧着身子，跃上一个有落差的渠口子，然后钻进稻田。稻田里的水已浅了，露出了稻根和泥巴。他知道，它们来自沙漠里的沼泽。一定是排碱渠的水到达了沼泽，鲫鱼片子尝到了稻田水的甜香，就溯水而上，从沙漠赶到了绿洲。他想到了沙漠里的箭头，那是画家让他见识到的沙漠的危险：等到察觉，已来不及了，一条大头鱼妈妈率领着一群小鱼，被固定在了沙漠里边。

洪柳说：“你们傻呀，甜水把你们吸引到这里，这里的水很快就要排干了。你们那么远跑过来，连性命也不要了？”他伸手搅水，像是发出警报。他顺着水流，在渠埂上观察了一段，发现鲫鱼争先恐后地逆水游窜。他喊：“往回游，这里很快就没有水了。”他用双手拨弄芦苇，白色的毛茸茸的芦花像一窝蜂，马上顺风飞散了。他挖了田里的一坨泥巴和草，堵在渠上的一个小口子上，堵住了水；那样，稻田的水会被滞留住。

过了一会儿，他又挖开口子，渠里的水恢复了流畅。水底，乌乌的脊背往上游。他说：“你们就等着连队的大人来捞来捡吧，屡教不改，真拿你们没办法。”

他把老师说他的话也搬过来了。他发现，他蹲下，就如同潜入稻浪之中；他站起，就像浮出了水面，只有肩膀上的脑袋在稻穗上边。他个头矮，坐在讲台前的第一张课桌跟前，排队也站在第一个。齐步走，他领头。可他害怕领头，他的方向感很差，不知往哪走，常常领错队，闹过不少笑话。他羡慕支撑起画家的“世界上最大的鸟巢”的那四棵钻天杨，他希望自己像钻天杨一样往上蹿。那么，他就不会是在“头一个”的位置了。有一天，妈妈催他起床上学，他要妈妈拽他的腿。妈妈以为他抽筋了。其实，是他想象自己的腿会跟橡皮筋或者拉面那样，拽一拽，抻一抻，就会变长，站起来就会更高了。

金色的稻浪从眼前一直涌向远处的林带，齐胸高的稻穗勾着沉甸甸的头，好像害羞了，谦虚了。那稻穗仿佛取得了优良的成绩。老师把他的作文当成范文，他觉得挺不好意思的，脸直发热。他因为旷课被老师叫到办公室时也是这般垂头不语。

他蹲下来。稻穗触碰着他的脸。一穗穗稻子，颗粒饱满，划得他痒痒，却很舒服。稻穗随着微风上下晃动，像好多好多人排着队向他致敬。他立即反应过来，这是祝贺他“梦绿了一片沙漠”，好像稻子第一个相信了他创造的奇迹。

画家说过："来而不往非礼也。"他改为立正，挺直了胸脯，敬了个礼。他还是第一次用标准的少先队员的队礼致敬。他想到团首长来团部学校参加庆祝活动时戴着红领巾，还转动着上身，向不同方向的同学们敬标准的军礼，手始终放在头的一侧不动。他也转动着身体，保持着致敬的姿势，祝贺大家取得了优异的成绩。他模仿了首长。放下手，他笑了，只遗憾红领巾放在家里了。他说："我要去画家叔叔那里了。"

洪柳四处打量，却不知往哪走。眼前，稻穗泛着金色的波浪。他先看见一条林带，稻浪好像涌向那里，林带像是一条高高的堤坝。他在田埂、渠埂上穿插、跳跃，似乎是担心稻浪一波一波都涌过去，会把绿色的堤坝冲毁那样。他像跳格子似的跨过引水渠、排水渠。林带渐渐高起来，绿色的林带衬托着一个人立在稻浪之中，久久不动。

林带里有一个小点时隐时现，是洪柳在稻浪中游泳。接近画家的树屋时，他看出稻浪中立着的那个人是个稻草人。

画家说：“远远看你，像是漂浮在海里的一个葫芦呢。”

太阳当头照。洪柳说：“转来转去，我迷失方向了。”

画家笑了，说：“你在绿洲里迷失方向，我在沙漠里也迷失过方向。”

洪柳说：“你是在寻找我梦绿的那片沙漠时迷失了方向吗？都是路盲。”

画家说：“什么事你都往那个梦上牵，我迷失方向是在以前。垦荒时，收工那会儿，天早都黑透了，我到沙丘背后解了个手，起身走错了方向，往沙漠里走了。月光下，地窝子和沙丘差不多，还是你爸爸找到了我。你爸爸想了个主意，把一盏马灯挂在胡杨树上，树梢上还挂了一面旗帜，那是连队驻地的标志；那以后，我再也没有迷失过方向。”

洪柳说：“你说的那棵树，就是现在连部前边的那棵胡杨树吧？”

画家说：“对，它粗壮，没枯死；有功劳，就被保留了下来。你迷失的稻田，当年还是一片沙漠呢。”

洪柳脱了鞋，踩着泥巴，走近稻草人。他说：“叔叔，你把稻草人弄成自己的模样了。”

稻草人有一张脸，画了眼镜，像有一个不愿说出的秘密那样抿嘴笑。脸谱贴在稻草人的头上，还蒙了一层塑料薄膜。

忽然，稻草人的头上飞出两只麻雀。洪柳说：“麻雀把稻草人的脑袋当成窝了。”

画家说：“我特意让它的脑袋空出位置。”

洪柳说：“我要是把麻雀蛋放到稻草人的脑袋

里就好了。”

画家早已知道洪柳孵蛋的事情，说：“麻雀的事儿应该让麻雀自己做。”

当晚，洪柳睡在“世界上最大的鸟巢”里。他睡床，画家在地板上铺了块毡子躺下。洪柳掀起一块床布，哎哟，床底下整整齐齐摞满了书，都是旧书。隔着床板，他还是觉得躺在书上。

熄了马灯，有两个声音，一个在高处，一个在低处——洪柳问，画家答。

“叔叔，为什么林带里没有胡杨树？”

“你见过种植胡杨树的吗？沙枣树、钻天杨、榆树，还有果园里的那些果树，都被人驯服了，可胡杨树驯化不了。”

“都是树，为什么驯化不了胡杨树？”

“车轱辘话，转了一圈，还是老问题。连部前边那棵胡杨树，其实是沙漠留下的标记。也就是说，

这一片，曾经是沙漠的地盘。”

“我做的那个梦，也占了沙漠的地盘。”

地板下面传上来画家的笑声：“又把我往你的梦里拽了。”

洪柳突然转换话题，说，麻雀最难驯化。有一天，下大雪，他支起一个筛子扣住了麻雀，并在硬纸板箱子里戳了透气孔，还撒了碎米；第二天早晨，五只麻雀全僵硬了。爸爸说，麻雀被气死了。

画家说："那是集体抗议。"

那天夜里，他醒了两次。大概有陌生人在，屋

子里的麻雀时不时地叫。闭着眼，那叫声一会儿像是在他脑袋里叫，一会又似在屋子里叫。反正，他在“世界上最大的鸟巢”里，他的脑袋也成了鸟巢。里里外外都是叫声，但他不嫌吵。

第二天，林中叽叽喳喳的声音吵醒了他。那是很多麻雀发出的声音，却看不见，它们都隐藏在繁茂的枝叶中。

阳光穿过婆娑的树叶，斑斑驳驳地照过来，像被筛子筛出来的一样。他冲到朝东的窗户旁边，太阳没有得到他目光的指令就擅自升起，好像他掌握着的一件秘密武器失效了。他有点被背叛的感觉，说：“我没看，怎么就升起来了呢？”

背后响起画家的朗声大笑。画家说：“你看不看，太阳都会升起；雪孩躲避太阳，你迎接太阳。现在的阳光是很久以前太阳发射出的光，照进林带，多好，万物生长靠太阳呀。”

现在，以前，阳光。洪柳被弄糊涂了。他想起有一次跟着爸爸去起渠里安着的鱼篓子。篓子出水时，淋漓的水珠含着阳光，每一滴都在发亮，离水的鱼在篓子里上翻下跳。

有了画家的领唱，树上的麻雀也叽叽喳喳叫起来。画家说：“你睡过头了，太阳等不及了。”

洪柳嘀咕了一句：“不遵守纪律。”他走下梯子。毛驴够不着旁边架子上放着的稻草，他取下一捆，毛驴衔了一束。他说：“你趁机占便宜。”

爸爸说过，垦荒年代，用芦苇垫地铺。现在用稻草给毛驴垫圈。洪柳对毛驴说：“你吃自己的地铺了。”

不一会儿，画家发现，洪柳已立在了稻田里。他还特地搬了几块土坯，垫在脚下，用细绳把稻草系在身上，头顶戴了一个编织的草窝，像一个奇大的鸟巢，供鸟儿来住。他说：“叔叔，你别过来，我装成一个稻草人，保卫稻田，逗麻雀玩呢。”

洪柳跟稻草人隔着一块地，像是两个人开展比赛，看谁有能耐坚守岗位。画家索性在“世界上最大的鸟巢”里观察，还故意把手举起，做出望远镜的形状，通过窗口观察，等待。

到了中午，洪柳又热又渴又饿，终于熬不住了。他看见一群群麻雀飞来飞去，像在稻浪中寻找空隙；稻穗密集，怎么也钻不下去。倒是有两只麻雀飞进了稻草人的脑袋里。

他终于放弃了，去掉了浑身披挂的稻草，挠挠蓬乱的头发，问：“叔叔，麻雀真狡猾。外表上，我应该跟稻草人一模一样了，可是，麻雀就是不飞进来，我什么地方暴露了？”

画家说：“这叫麻雀慧眼识人。再装扮，你也是个大活人，稻草人可不会做梦。”接着，画家莫名其妙地笑起来。

洪柳问：“笑啥？”

画家笑着说：“想一想，怪有意思。我俩一大一小，凑在一起，趣味相投，还都会做梦。咋凑得这么好呢？”

一群麻雀又飞出去，一群麻雀又飞回来，林带里都是叽叽喳喳的叫声，偶尔插进斑鸠的叫声。洪柳仰脸望着树上的鸟巢，一个一个像肥硕的果实。他曾经称那是会唱歌的果实。

洪柳说：“叔叔，你猜一猜，哪个窝里有蛋？”

画家说：“现在这个季节，是小麻雀玩耍、飞翔的季节。”

洪柳说了自己孵麻雀蛋的过程，然后说：“我咋会把蛋孵臭了呢？”

画家说：“那本来就是麻雀自己的事情，自己生蛋自己孵。”

洪柳指指树上的鸟巢，说：“那么多鸟窝，能没有鸟蛋吗？”

画家说：“麻雀总在固定的季节生蛋、孵蛋，什么时候做什么事。现在，大麻雀正带着小麻雀学习飞行和觅食呢。”

洪柳说：“就像同学拖欠了作业要补上。可能那对麻雀忽然想起要做的事还没做，就硬憋出了几个蛋，补上了功课。”

画家摇头，笑着说：“很有可能麻雀下了蛋之后，遭遇了鹞子的袭击，那一窝五个蛋就被晾在窝里。你去看的时候，因为晾的时间久了，就已经臭了。”

洪柳没提幻想中的同学雪娃，而是说：“当时，我生怕把蛋碰破了，就把蛋含在嘴里，慢慢下树。周围的树上，麻雀跳来跳去，叫得更响了。”

画家笑得弯下了腰。洪柳顿足，挥手。麻雀的叫声戛然而止。

8

木腿发芽

挂在连部前边的一棵胡杨树树杈上的由犁铧片[①]充当的钟没响，胡杨树上的鸟没叫，爸爸也没催洪柳“太阳晒到屁股了”。这是一个大礼拜天。突然，像高音喇叭响，毛驴在门前“昂叽昂叽”叫。毛驴上个大礼拜天已来替画家领过这个月的定粮了。

洪柳想起刚来连队时的一场暴雨。他记得晚饭时，爸爸说头疼。爸爸的脑袋里有弹片，天气一有变化，脑袋就有反应。洪柳正好把爸爸的脑袋当成

①犁铧片：一种是指装在犁的下端，用来翻土的铁器；另一种是指打击乐器，也叫月牙片，常用来给民间曲艺伴奏。此处指的是第二种。

“气象预报站”。

每天早晨，天没放亮，一树的麻雀就开始叫了，好像在提醒连队的职工天快亮了。枝叶繁茂的胡杨树里藏了多少只麻雀？看不见，只听见声音，仿佛每片叶子都是一只鸟。洪柳跟小伙伴说，那是会唱歌的果实。胡杨树像个鸟巢。一树麻雀也习惯了钟声。悬挂在树上的犁铧片一敲响，那是人开早饭的钟声；麻雀叽叽喳喳地纷纷飞离，飞向田野，田野里有它们的早饭。妈妈说，早起的鸟儿有虫吃。

爸爸的“气象预报”蛮准。那个夏夜，暴雨击打着屋顶、门窗，时不时还伴随着闪电和雷声。洪柳被惊醒。他知道，一下大雨，就发洪水，排碱渠就忙碌起来。地上、渠里的水汇集到排碱渠，洪水轰轰烈烈地涌向沙漠，沙漠可以饱饱地喝上一肚子水了。天亮，雨停。他奇怪，怎么听不见连队前边胡杨树上的麻雀叫了？起床去看，他发现地上一层死麻雀，羽毛都打湿了，泡僵了——好像看见连队果园的果树，果实没长熟，就落了一地。他没料到一棵树上有那么多麻雀。他记得，那天早晨升起的太阳特别大，特别红。那以后，胡杨树上好长时间没有鸟叫。

洪柳像小鸟出壳，钻出被窝。“画家一定有急事。”他边想，边套上衣裤，打开门。

毛驴的脖子上仿佛挂了个大铃铛——一个铝合金的小饭盒，里边有一张小纸条，抬头写着“洪柳小朋友”，内容是：“去食堂给我打三个麦面馒头、一个苞谷面馒头。”落款是“你的大朋友”。

画家饿了？想换换口味？饭盒里放了能换一公斤粮食的粮票和纸币。馒头二百克一个。画家的胃口倒不小。

洪柳骑着毛驴赶到“世界上最大的鸟巢”。画家躺在屋子底下。那里的高度刚够毛驴站立。画家说过，他禁不住饿，一饿就头晕眼花。洪柳把装馒头的饭盒递给他，他只是坐起来。洪柳以为他摔伤了，难道从悬挂在树上的屋子上掉下来了？洪柳去扶他，他摆摆手，说：“我不能动。”

一定摔得不轻。洪柳说：“我去叫连队的卫生员。”

画家指指他的左腿。洪柳看见那条木制的假腿有点异样，长出好些发绿的“胡子”，像一根根线，连接到地上。是树的根须冒出来缠住了腿，还是腿上的“胡子”伸进泥土连上了树根？

画家说：“我的木腿发芽了，不要碰。”裤腿已卷到膝盖上边。洪柳说：“你不嫌冷呀？”

画家说：“这条腿，不出汗，也不怕冷。”他指指头顶——树上的屋子，指示洪柳取工具箱。那是他制作假腿的一套工具，洪柳见过，里面有起子、螺丝、刨子、锯子，都是些特别的木匠用的小工具。

跟连队木工房的工具相比，这些物件要缩小好多，好像童话中小人国里的东西。

洪柳下来时，一个麦面馒头已填进了画家的肚子，他还奖励毛驴一个苞谷面馒头。毛驴盯着麦面馒头，支棱着耳朵。他说："你也眼馋细粮呀？瞧我，光顾着自己，疏忽你了。"

洪柳熟悉马、牛、驴在料槽和田野吃草的样子，还是第一次看见毛驴享受人类的熟食。毛驴吃馒头和嚼草料的方法不同：吃馒头的时候，两片嘴皮子合在一起，仿佛不让馒头的碎屑往外漏；而嚼草的时候，一束草的一部分在嘴外，连着嘴内的草，嘴皮子往里收，配合着上下两排牙齿，牙在切草，像马厩里的铡刀。洪柳自己吃馒头，是咬一口，闷住嘴细嚼，甚至用手掌摊在下颌接碎屑。毛驴一口一个馒头，转眼间，嘴内空了，还伸出舌头，好像来不及回味，就打扫起"外围"场地。他也忍不住舔了舔嘴唇，咽了口唾沫。他看着毛驴吃得那么老练，猜出画家常用自己的定粮奖励毛驴。

简直像是农场卫生院的医生动手术，画家的左腿始终保持着固定不动的姿势，平放在地，稍一动，就有可能扯断根须。他的右腿支撑、调节着身体，帮助他使劲。左腿好像已经被固定了，树的根须也

冒出来接应呢。

那条假腿，形状跟真腿一模一样，只是保持着木头的质地和花纹，却像布上了一层蜘蛛网，墨绿墨绿，仿佛腿是落在网上的一个动物。画家从膝盖那里卸下木腿。木腿独立出去，躺在有驴粪蛋的泥土上，似乎是埋伏在草丛中的一个士兵，准备随时出动。

画家单腿一蹦一跳，像小孩玩斗鸡，他取来一根棍子，当拐杖。他咕噜咕噜地喝了挂在斜梯上的军用水壶里的水，那水壶已褪了漆，壶身斑斑驳驳；然后他打了饱嗝，对肚子说："这一下，你够满足了吧？"

洪柳终于提出了疑问："木腿咋会发芽呢？"

昨天中午，一股一股的热浪从林带外边的沙漠涌来，像是沙漠要来绿洲避暑。微风干燥，毛驴在林中溜达，好像在代替画家巡视。鸟儿在树林里叽叽喳喳唱个不停，绿洲里的水稻已在孕穗了，竟然还有一只布谷鸟冲着田野“布谷布谷”地叫。画家犯困了，就在毛驴住的地方躺下，地面阴凉。毛驴叫着，似乎嫌他占了它的“屋子”。林中弥漫着夜色。突然，他觉得腿有点重，像被绑住一样。起初，他以为是叶片落下，一摘，是木腿发出的嫩芽，跟已枯的千年胡杨突然绽出嫩芽那样。他让毛驴卧在旁边，说：“今晚我借你的地盘睡了。”他把裤腿卷高，不阻碍木腿发芽。木腿好像积攒了好久的能量，早晨，洪柳说的那些“胡子”已扎入泥土，与树的根须“胜利会师”了。这木腿终于有机会以根须的方式深入亲近泥土了。

洪柳说：“这条腿跟了你那么久，还不死心呀。叔叔，你还是没有驯服它。”

画家说：“你把这个词抓过来，用到木腿上了。它原本就是树，我选中它时，它是一棵活得很好的树。我总想人和树能够在我身上和平共处，相互交流。有一天夜里做梦，我变成一棵树，鸟儿还来筑巢。那木腿，连接了天空和大地。”

洪柳说：“我也做梦，叫飞机下来，就是农场的农用飞机。我还进了沙漠，变成了一条鱼，有鱼就来了水。叔叔，你听到过我编的童谣吗？文教叔叔说这是童谣——‘沙漠没有鱼，挖条排碱渠。渠里有水，水里有鱼。’”

画家说：“你这小脑袋里藏的好东西倒不少。”

他和画家似乎有了共同的秘密。爸爸妈妈从没跟他说过梦，他认为他们不会做梦。有一晚，他踢开了被子——在梦里捉迷藏。妈妈说：“白天贪玩，夜里也不安分。”画家的有些画，是受了梦的启发，洪柳不也梦绿过沙漠吗？

不过，他替木腿发愁。树都站着，它横躺着，活得不舒服。他指指周围的树。

画家说：“竖立起来，会损伤那些根须。根须吸收着土壤里的水分和营养，发出芽；芽会生长，长成树。”

洪柳瞅着他左腿的那一段空缺，裤腿耷拉着，好像失去了主心骨；风一吹，还晃荡，好像出了一道填空题。他问：“怎么填空？”

画家拍拍工具箱，说：“这活儿简单，再做一条腿，安上就是了。”

在又宽又长的防沙林带里，选一棵用来制作假腿的树确实容易。可要是再发芽了呢？

画家早已留心，连队盖房子时，淘汰了一截榆木，已闲置了好几年。榆木的形象不够理想，盖房子不能当大梁，一直晾着，没人在乎，受着冷落，横卧在食堂旁边，拴过马和驴。画家要选一段死透了的木料。

爸爸曾说过洪柳是“榆木疙瘩脑袋”。

画家听他这么说，就说：“榆木结实，耐用。”

他和画家把毛驴的“屋子”隔开，捡来带刺的沙枣树枝，安插起一圈篱笆，保护“发芽的木腿”。

毛驴带着纸条去连队，拖着那截榆木回了林带。三天后，画家填了空，还在洪柳面前试了试左腿，像接受检阅一样，来回走了三趟，问：“咋样？”

洪柳看不出真假。那条躺着的假腿上，一棵绿芽已长得有一拃高，还亮着两片嫩绿的叶子，像打着伞，正在做变成一棵树的梦。

画家铲了土，给木腿培土；露出一半，埋住一半。这样舒坦。

洪柳说：“叔叔，你画一条木腿的奇迹吧。”

画家笑了，说：“不急，等它抽出的芽再长高些。”

洪柳说：“要是发现我梦绿的那片沙漠，到时候，把木腿长成的树苗移栽到那里。”

画家说：“那就叫作梦幻的花园里开出一朵真实的玫瑰了。哦，应该说是一条真实的假腿。”

洪柳没听懂他的意思，反正画家的脑袋里装着许多稀奇古怪的东西，好像没有破壳的雏鸟。不过，就像鸟儿把蛋下在巢里，画家把床底下的书都装进脑袋里了，洪柳就这么琢磨。对洪柳来说还有一件执拗的事——他从不像连队里的大人、小孩那样叫毛驴画家，他就只叫画家，决不在“画家”这个词前边缀上毛驴。

9 毛驴拖风筝

不上学的时候，洪柳三天两头往画家那儿跑。收割了稻子后的土地，像剃了头；满地的稻茬上，立着稻草人，很孤独；叶子飘落，暴露出树上的麻雀。

放寒假了。洪柳瘦，畏寒。家里有火墙，点着炉子。洪柳画毛驴，画稻草人。爸爸说他糟蹋纸，给他从文教那里要来了报纸，画出的画，却隐在字里。洪柳最得意的还是画鸟巢。鸟巢下边，既可以画树干，也可以画个人头，还可以画个驴头；好像一顶帽子，戴在什么上都行，只是下边换一个身体。

爸爸说：“用文教的话说，你这叫张冠李戴。”

洪柳说：“毛驴来取我的画给画家看过，画家说我画得有趣，好玩。”

毛驴是他和画家之间的邮递员。春天来了，开学了。第一个大礼拜天，毛驴来领定粮，同时，带上了洪柳，当然是因为有画家的条子。

树枝已有一粒一粒的芽苞，但枝条分明、清晰。画家端详着洪柳，那是看毛驴“成长”的目光。

洪柳被看得不自在，仿佛被目光缠绕。他晃晃脑，挪挪脚，怀疑自己哪里出现了异样。

画家指着他的裤子，说：“蹿起来了，裤腿吊起来了，头发……像个鸟巢。”

洪柳忽然想，自己梦里长，白天也长，画家看到了多少个他？画家不也是这样看毛驴的吗？

一大群其实就是一个。在画家的眼里，他就是一大群洪柳吗？一头毛驴、一条木腿，共处于一个空间，好像已经平起平坐了。他看见躺在驴圈里的木腿蹿枝了，这是第一个绿色的消息。木腿安稳地躺着，向上长出了一条撑着几片叶子的嫩枝，像在招手，向上，仿佛在朝高高的树喊：等等我；向下，根须扎进泥土，跟土地里的树根联手。

画家仿佛看透了洪柳的心思，他抚一抚毛驴笔直的脖颈，说："你带上我这个小朋友进沙漠逛一逛吧。"

洪柳问："叔叔，那你怎么办？"

毛驴摇摇尾巴，像邀请他骑上去。

画家踩一踩沙地，说："这条木腿已跟我相处得很好了，它可以带我在林带里边随便走。我好久没有跟野兔、斑鸠会面了。"

洪柳骑上毛驴，回头看，一串小小的蹄印，仿佛沙地上开了一溜花朵。进入沙丘群，背后的林带已模糊，像一条渐渐落地的飘带。那条木腿抢先绿了，树枝也会跟着变绿，到时候，整个林带都绿了；小鸟要忙碌了，衔草筑窝，寻找对象。等到雏鸟出壳，田野里的毛毛虫也活动起来了。梦绿过的沙漠也会重新绿起来。

一个沙丘背后，突然冲出一股挟卷着沙子的旋风，像前脚离地、后腿直立的动物，耸立起身，向毛驴扑来。如同被鞭子频频抽打的陀螺，旋风一路收集着沙子，不断充实自己，越来越壮大，像一根

柱子挡在他面前。

他溜下毛驴，迎上去，摘下自己头上的那个拖着两个长耳朵的棉帽子，扣在跟他一样高的旋风的顶部，很像梦中的那股水柱托起他的红领巾。

旋风好像承受不住帽子的重量，眼见着萎缩，沙子纷纷沉淀。最后，帽子平稳落地。他好奇地揭开帽子，底下什么也没有，除了沙子，还是沙子。

那旋风，突然出现，突然消失，而且是消失在他的眼前，沙地上只留下风经过的皱纹。大人阻止小孩进沙漠，用的是恐怖故事；洪柳打算告诉小伙伴，他让大人的谎言露了馅。

洪柳重新骑上毛驴，毛驴掉头往回走。他说：“哎呀，还没到睡胡杨那里呢。”

毛驴径自走着。没有缰绳，他控制不了毛驴，只是念叨：“犟驴，叔叔让你送我，任务还没完成呢，你就着急往回走。”

林带像从地上慢慢冒出来。毛驴密集的小碎步越来越快。仰头看林带的时候，毛驴突然昂头“昂叽昂叽”叫，如同它进连队领定粮那样，只是边走边叫。洪柳的耳畔有风呼呼响。

画家从林中出来，说：“再不回来，我就要去找你们了。”

洪柳溜下来，拍了一下驴背，说：“它突然掉头回来，根本不听我的指挥，犟得很。”

画家望着沙漠和天空。不知什么时候，太阳已躲到云的背后，天空阴沉起来。他说：“要起沙尘暴了，这毛驴有灵性。”

顺着画家指的方向，洪柳望见原先清晰的沙丘已罩上了浓烟似的沙尘。

画家捋捋毛驴脖颈上的毛，说：“你把我的小朋友送回家，这场沙尘暴，不刮个一夜不会松劲。”

洪柳这时候才感到口干舌燥。在“世界上最

大的鸟巢”匆匆喝了一壶水后，洪柳出了林带，拐上土路，骑上毛驴。路在遥远的地方缩成了一个焦点，看不到尽头。他知道，焦点的背后，还是路；连队的房子也像害怕沙尘暴袭来，缩入了地下，只能隐约看见一点屋顶。还有那棵胡杨树，像拱出土地的一根小草；树上的红旗像红领巾。

毛驴走过的背后，扬起一溜尘烟。接着，率先到达的风头把沙尘推到他前边。风携带的沙随即赶上来。他系上棉帽的扣子，风趁机钻进怀里，

衣服、裤子鼓起来，好像他一下子胖了；身体反倒轻盈，似乎随时能像气球一样起飞。一股股风，推着他的背。光溜溜的驴背，没有可抓的东西。他被风推到驴背的前边，抱着驴脖子。

沙尘模糊了他的视线，洪柳感觉像被一块毛糙的布蒙住脸一样。他的身子一歪，一转，像爬树失足抱住一根树枝那样抱着驴脖，脚已拖地。

毛驴刹住脚，还抖脖子，想要甩开他。风灌满了衣裤，似乎内外夹攻，又托举又推搡。他抱不住了，趴在地上。于是，身体被风移动，他抬

头，已在驴的屁股后头了。驴的四蹄，像桩子，竭力钉在原地，脖子上的毛被风吹得蓬勃向上。

他忽然看见一根尾巴在摇晃，像是伸过来的一只手。他抓住尾巴，另一只手也跟上，如同画家说的“抓住最后一根救命稻草”。起先他还双腿拖地。沙尘滚滚，天昏地暗。他紧闭眼睛和嘴巴，死死地抓住驴尾，他的腿渐渐离开了地面，像他在团部的机场看农用飞机在跑道上滑行，突然昂头升空。他的身体悬在了空中，起起伏伏。

他的脑子里像煮了一锅乌玛斯，也就是苞谷面糊糊，或像灌进了沙子，什么都没想，也不能想，只是感觉身体在飞。抓住的那根尾巴，证明是奔跑的毛驴在牵引着他前行。毛驴简直钻进了一个由沙尘构成的深不见底的洞穴。

不知过了多久，风抱着他，慢慢地把他放到地上。他感觉身体触碰到了地面，可他的两只手还紧紧地拽着毛驴的尾巴。随即，他听见了门响，是毛驴用蹄子踢门。爸爸抱起他进了门，沙尘也趁机涌进来。毛驴顶着风，消失在了沙尘之中。

关了门，妈妈用湿毛巾给他擦脸，毛巾上粘了一层沙子。他睁开眼，吐了口唾沫，吐出湿湿的一团沙子。沙子在牙齿里发出响声。他漱了漱口。看见爸爸的嘴一张一合，他掏了掏耳朵里的沙子，又侧头往外倒，手掌里接了沙粒，终于听见了爸爸的声音。

爸爸说：“你躺在门口，还抓着毛驴的尾巴。”

洪柳回忆着一路的遭遇，似乎只记得牢牢地拽着尾巴不松手这件事。他想起一个春天，在团部学校的田径运动场上放风筝的情形。他说：“我像一个风筝，毛驴在放我。”

妈妈说：“要不是毛驴，你非被风刮跑不可。”

爸爸说：“刮这种风，你一定要赶紧找一棵

树。”爸爸拉他过去，让他搂住腰，继续说，“这样，紧紧地抱住树，不能松手。”

洪柳说：“要是找不到树咋办？”

爸爸说：“除非你在沙漠，绿洲怎么会找不到树呢？”

妈妈笑了，说：“那条机耕路两边没有栽树。”

洪柳说：“这是事后诸葛亮，老师说的。”

爸爸说：“你现在有本事顶嘴了？”

第二天早晨，钟没响。爸爸打饭回来，说：“风真厉害，把胡杨树上的钟也摘下来了。”

洪柳说：“胡杨树要甩掉作息时间。”

洪柳背上书包，溜到胡杨树底下。现在，树上还挂着红旗，只是不再挂画家说起的马灯。值勤排长正用铁丝拴住犁铧片，往一根树杈上悬挂，像给马上笼套。洪柳发现树杈上留着铁丝勒出的半圈凹痕，树一定很疼。他想象着起沙尘暴时树杈像一条胳膊，借着风的力量，趁机把挂在上边的钟甩掉了。他的脸贴着树干，双手抱树，树粗，他抱不过来。他说：“人也驯服不了你。”

又一个大礼拜天，毛驴来接他，主要是画家不放心他。他去“世界上最大的鸟巢”说了一点残留的沙尘暴时的印象。画家点评：“毛驴放风筝，幸亏毛驴的尾巴长得结实。怪不得那尾巴现在不甩了。”

洪柳说：“我看见林带里有掉到地上的鸟窝，沙尘暴却对我们这个‘世界上最大的鸟巢’没有办法。”

画家说：“我盖木屋的时候，已把风的力量考虑进去了，我自岿然不动。”

洪柳突然说：“要不要叫卫生员来治一治毛驴的尾巴？”

画家说：“我已经给它按摩过了。”

洪柳问：“春天为什么用这么粗暴的方式出现呢？”

画家说：“因为冬天冻得太严重，这叫物极必反。我的老家江苏的春天相当温柔，春风杨柳万千条。”

10 突然，野兔开口说话

洪柳的脑子里不断回放那天自己拽着毛驴的尾巴稀里糊涂回到家的情景：毛驴放风筝。除此之外，再也挖不出别的细节，只是一会儿回放的是真实的他，一会儿又换成风筝——一个小男孩形状的风筝。风沙弥漫天地，那风筝飘起，闭着眼睛，耳畔呼啸，像做了一个可怕的梦。

同学来通知，沙尘暴天，星期一不用上学，老师布置了一篇作文：《寒假里的一天》。要有意义，他想起老师总是这么强调，但他不知什么才叫“有意义”。其实，每个假期结束，老师都布置这种题目的作文，其他年级也大同小异。

太阳像没睡醒的眼睛，还没睁开，又起沙尘暴了。这种天气，大人们都会到饭厅兼会场的地方开会。他紧闭起门窗，门窗有一点缝隙，沙粒也会钻空子。他把冬天的毡子挂上窗户，放下门帘，那是装着碎稻草的门帘。他想起有一个冬日，门外窸窸窣窣一阵响，早晨醒来，一匹马已掏空了门帘，吃得肚儿圆。

白天像黑夜，他拉亮电灯，十五瓦的灯泡也像没睡好的眼睛。寒假期间，有一天，他打着砍柴的幌子去了林带，叶子全脱光了，风怂恿着光秃秃的树枝相互搏斗。

画家阻止他打树枝的主意。洪柳却说："树都死了。"画家取了一根他砍的树枝，折成两截，断口渗出汁液，说："你看，这是树的血液。流出了血，证明它还活着。"

洪柳说："满林带的树枝，我怎么看得出哪根活着，哪根死了？"

画家说：“等到春天树发芽长叶时，就能分出来了。”

洪柳跟了一句：“死了的树枝就暴露出来了，那……我梦绿的沙漠就显出来了，是不是？”

这一段，符合老师强调的“有意义”吗？他吃不准。他跟同学不一样。每逢老师布置作文，总有同学叹息：“哎呀，又要写作文了。”可是，他喜欢写作文，按老师的说法，“要有素材”；他的素材随便一抓就是一把，但他不写自己的秘密。有几篇作文，老师批语：“有意思。”但有意思不等于有意义。他遗憾，像做饭炒菜，食材好，自己没炒好。妈妈批评爸爸炒菜：“糟蹋了那么新鲜的蔬

菜。”

他想起有一天早晨起来，一拉门，一堆雪趁机倒进了门槛。昨晚下那么大一场雪，怎么一点也没听见？他踏着雪，模仿杨子荣“过雪原”。大雪模糊了绿洲和沙漠的界线，只有防沙林还浅浅地标志着二者的区别。他扑哧扑哧走进林带，双手罩在嘴前，抬头朝上敞开嗓门吼叫。雪团应声纷纷从树枝上落下，像给树松了绑。“穿

林海”——他还朝“世界上最大的鸟巢”喊。树上的木屋“岿然不动”，倒是惊飞了几只鸟。

先是毛驴，后是画家，迎过来。忽然，洪柳发现，一棵沙枣树下的厚雪在一鼓一鼓地动，像他钻进被窝里拱来拱去那样。他扑上去，压住鼓起的雪，露出一只野兔，身上的毛灰不溜秋的。画家说：“野兔在寻找雪底下的沙枣呢。”

突然，野兔开口说话。是他的想象展开了翅膀。这样，不但有意思，还有意义了吧？两方面都照顾到了。

兔子说：“我要洗个热水澡。”

野兔把画家的铝锅当成了洗澡桶。而在现实中，是画家在说：“好久没沾肉味了，索性来个野餐。”

画家说：“我去找个有意思的地方。”洪柳要求找“有意义”的地方。画家说：“一回事，到时候你就知道了。”

洪柳抱着野兔，提醒道：“水烧烫了，你就叫我一声。”

野兔说：“我泡个热水澡，泡澡水就是一桶兔子汤，再往里放什么，味道都鲜。”

画家选了“世界上最大的鸟巢”靠近绿洲这边的一片洼地，那儿避风。支锅，捧雪，架柴，点燃。

野兔嫌冷，洪柳就替它盖上了锅盖。不一会儿，

锅往下坠，一坠再坠，冒着热气的锅不见了，柴火燃烧的地方，出现了一个冰窟窿。野兔带着一身热气顶开锅盖，蹦出来。

野兔指指冰窟窿："冰下有鱼，正好炖鱼。"

洪柳看着几条鱼游过来，冰窟窿像一个窗口。他想，这不就是蓄水池吗？画家和毛驴饮用的就是池中水，水由渠里引过来，渠里流的是天山融化的雪水。

画家笑了，还拍拍驴背，像是提醒，毛驴也"昂叽昂叽"地叫起来。

洪柳回头看，野兔在雪地上一蹦一跳地跑进树林里了。鱼儿们像挤在窗口一起探出头，有鲫鱼片子，有新疆大头鱼，这又让他想到了沙漠里的箭头。雪底下竟藏着这么多有意思的秘密。

画家说："怎么样？我这个玩笑开得有意思又有意义了吧？"

现实里，兔没入锅，画家故意放走了野兔，说：“它太调皮，我没抱住。”洪柳没把现实的内容写进作文。

还有，这蓄水池的水不会枯竭。洪柳想到雪娃融化变成的一眼泉水，就问：“这里是不是雪娃融化的地方？”画家笑而不答。

那天晚上，洪柳自己烧水，移出床底下的木脚盆，洗了个热水澡，想体验想象中兔子入锅的感觉。妈妈说：“你怎么突然讲究卫生了？”

老师把洪柳的作文《寒假里的一天》当成范文。画家的点评和老师的评语高度一致：“过了有意思又有意义的一天，像个童话。”老师还借此倡导：“怎么说就怎么写。”同学说他会耍嘴皮子。他喜欢画家的话：“人可不能‘茶壶里煮饺子，心中有数倒不出’。”在他的心里，语言会发酵，但就是嘴笨说不出来。说过的那个梦，同学、老师都不相信。可关于那只会说话的野兔的故事，老师为什么就相信并赞赏了呢？

接下来的一周，老师布置的作文题目是：《我的理想》。他写了那个梦：梦绿了一片沙漠。如果说空口无凭，写成作文总该有人信了吧？他兴致勃勃地交上了《我的理想》，老师的评语是：“梦不等于理想。”

同学笑他，又把“老梦”搬出来了，说谎连个草稿也打不好，还是进沙漠找“理想”去吧。

他要到“世界上最大的鸟巢”那儿去听画家的评语。他特别委屈，心想，要是有沙漠里存在那片绿洲的证据，谁还能不相信？谁还能嘲笑他？

画家看了他三百余字的作文。他期待画家表个态，帮他说话，因为学校里的美术老师也敬佩毛驴画家。他舔舔嘴唇，看着近视眼镜后边画家的眼神，好像沉在清澈的泉水中的珠子。

画家的嘴唇终于动了，说：“我看得出，你一直牵挂梦中沙漠里的那片绿洲，大家都喊‘把沙漠变成绿洲，向沙漠进军’。”他停顿了一下，似乎在琢磨该怎么把肚里的话吐出来。他拿起水壶喝水，壶已空。

洪柳用目光催促、鼓动画家，几乎要说“你说呀，说呀”。他的舌头在嘴唇上忙碌起来。

画家用手指顶一顶眼镜，笑着说：“改变沙漠确实不容易，不过，改变沙漠有很多种方式。我和你爸爸那一辈人，用行动改变了沙漠。现在你用梦的方式，叫沙漠绿了好大一片。那么，你心中就永远有一片绿化了的沙漠，这不是一桩很美妙的事情吗？别在乎别人相不相信，你还小，有梦就好。我相信，长大了你会把梦变成现实，就如同我们现在生活的这片绿洲。你执着地找证据，其实证据就在你心里。”

“在我心里？梦绿的沙漠确实在我心里。”

“我小时候，比你现在稍大几岁，在我当小木匠时，做过一个梦。梦里

我自己做了一个小刨子，我歇下来，刨子自动干起活来。刨一根木头，眼睁睁看着刨子刨出的是浪花，我起来凑近看，那浪花，其实是刨花。突然，眼前的一切都不动了，成了一幅画。我跳进画中的那条河，变成了一条鱼，在画中游。那以后，我总想画出那条河，翻着波浪的小河。后来，我参军，打仗，发现战壕前边竟然开了一朵花。趁着战斗的间隙，我用木工铅笔画出了那朵小小的黄花，还起了个名字：战地黄花。一个人，小时候的一个梦，不知什么时候会起作用。”

洪柳来劲了，他做出鱼在水中游的姿势，说：“我也在梦里看见自己

变成过一条鱼，是新疆大头鱼。我听过一首童谣，‘大头大头，下雨不愁。别人有伞，我有大头’，用来形容我也很合适。因为同学叫我大头。”

画家说：“你的身体太瘦，就显得脑袋大了。”

洪柳把手放在胸口，面对窗口站着。透过长出一串串嫩芽的树枝，他望见夕阳照耀着的沙漠的上空，铺上了一层金色的晚霞。太阳在天上转了一大圈，亮了一个白天，他在心里跟落日打了个招呼：明天再见。他说：“叔叔，钻天杨又长粗长高了，把木屋带上去，能看得更远，真的成了‘世界上最大的鸟巢’，很像座瞭望塔。”

画家站在他的背后，说：“咦，洪柳同学，你到这里好多回了，我还没当面看过你画画呢。”

画家一本正经叫他的姓名，还后缀了个“同学”，像在课堂上老师点名回答问题。洪柳转身，看看桌子底下还没打开过的书包，那是妈妈专门给他缝的画画用的书包，里边装着美术老师送的一盒颜料，有十二管，还有岳老师赠送的没削过的铅笔。书包像温驯的、蜷着的小狗，卧在桌下，静静地等候着，仿佛桌子是它的房子。洪柳像仰望星空一样，仰头望着画家，一副胸有成竹的样子，说：“现在，我就画。”画家说：“现在，我也画。”

现在的我和童年的我，都为了一个梦

一部小说也有前世今生。我查了一番保存的手稿，《世界上最大的鸟巢》的前身有好几个。十多年里，我写过三部十万多字的草稿，都不满意。孙女出生前，我做了个梦，隔着一条河，我想呼喊一个小女孩过来，就用我童年的一个一个故事召唤她。不知怎么，我觉得那就是我的孙女。可能我没把故事讲好，或许沙漠的故事吓着了孙女，她不过河。我记了下来。

我在雨天滑倒，摔裂了股骨，卧床四个月，我坐在床上写了十万多字。一年后，我又不满意了。孙女诞生后，与她相处，我觉得自己也在成长。后来，我突然来了兴致，写出了《世界上最大的鸟巢》。

尽管有三部十万多字的前身打底，我仍不去重温“原型”，却发现两个主人公都有了自己的声音和行动，虚构的人物活灵活现了，我仅仅是跟随着他们即时记录。画家和毛驴在前几稿中仅是次要“人物”。这一回，我没让小男孩单独进沙漠冒险。在我多年前的长篇小说《塔克拉玛干少年》中，这个小男孩有过一次探险经历，是在他上五年级的时候；而他看见“鸟巢”时还在上三年级。

我把《世界上最大的鸟巢》献给我的孙女。因为她无意中给我很多启发，是她唤醒了我心里住着的那个小男孩。那是在沙漠边缘的农场里生活的小孩。他没“出走”，而我“出来”了。

我有两个故乡。第一个故乡是浙江，第二个故乡是新疆。记得四岁时，父亲把我从上海接去新疆。他是1949年跟随部队进的新疆，1954年就地转业，屯垦戍边。那支部队的前身是赫赫有名的三五九旅。他所在的农垦第一团，前身是三五九旅七一八团，出过二十三位共和国的将军。我所在的农场职工子弟学校，同班同学中有两个是老红军的子女，却看不出有什么特殊。其中一个，我还是高中毕业后才知其父亲是老红军。

农一团那片紧挨着塔克拉玛干沙漠的绿洲，若骑马，从东到西花不到一个钟头，从南到北也就费两个多小时。西有山脉，东有沙漠。

我四岁之前的记忆，就像被擦掉的黑板上的粉笔字一样不留痕迹。刚到农场的第一天，上连队的托儿所，本来操着一口吴越方言，更可能是上海话吧，当晚回家，却讲了一口新疆普通话。就这样，我在一天之内丢了吴越方言，1982年随离休的父亲调回老家浙江，也还是捡不起来了，只能听懂。我在新疆农场时，还给母亲当翻译。母亲讲一口硬邦邦的宁波方言。而上海支边青年的话音，我一听就亲切。语言的土壤尚存，但我被移植了。

我想起，我1997年考入阿克苏地区师范学校，我的班主任老师的女儿，比我现在的孙女大一岁，她和维吾尔族小孩一起玩耍了仅一天，就能讲一口流利的维语。因为学校有维吾尔族教师，还有维吾尔族学员。小孩有灵性，可长大了的我的那一扇灵性之门就被关闭了。回到第一故乡已有四十余年，家乡方言，我仅能听懂，却不会说。语言能暴露一个人的身份和经历。第一故乡的人说我是新疆人，第二故乡的人说我是浙江人。我也觉察不到我带着两个故乡的口音。有两个故乡，却两不靠，都当我是“他者”。

塔克拉玛干意为进去出不来的地方，又可称为“死亡之海”。小时候，我在塔克拉玛干沙漠边缘的农场，大人担心小孩进沙漠，不约而同地用惊险的沙漠故事来阻止小孩的行动。小孩喜欢听故事，故事影响小孩的心灵和行为。可是，小学五年级的我还是冒险进了沙漠，迷失后，跟随着一只狐狸走了出来。狐狸对绿洲的鸡鸭感兴趣，我知道这一点。23岁时的我，第一次走出农场上师范学校。此前，一直固执地以为农场那一块“邮票大的地方”就是整个“世界”。那里相当闭塞、自足。世界上最大的鸟巢，其实只是农场里最大的鸟巢。

甚至，中学的一次地理课，那是午后第一堂课，老师是上海支边青年，他从上海带来了地球仪，只为打开我们的视野。他问我们世界有多大，有多少国家，而我却只关心我们的农场在这块用黄色来体现的塔克拉玛干沙漠里的什么位置。我靠窗户坐，那一天阳光灿烂。沙漠地带的阳光能烤熟鸡蛋。

我问老师：“我们农场在哪里？”

老师递给我一个放大镜，约莫指着一个点，没有地名。

我拿着放大镜久久地对准老师所指的那个点。阳光通过放大镜照着地球仪。突然，地球仪冒烟了，那一点烧焦了，像火山喷发。

同桌惊叫：“地球烧焦了！”

老师立刻撤走地球仪，还用手帕小心翼翼地掸那焦黑的一点。

我说：“没有农场，算什么地球？”

老师说：“农场太小，不够资格标在地球仪上。”

我不服气：“我们农场这么大，谁敢嫌它小！”

现在，走得多了，见得广了。2015年，我重返农场，也嫌它小了。不过，这么多年，我频繁地采用做梦的方式，一次又一次回到第二故乡。甚至，现在的我遇见了童年的我。童年的我喜欢玩泥巴、玩沙子。梦里，我踏进农场的土地，已陌生，不知怎么走。我问玩泥巴的小男孩。他一个人在玩泥巴，捏了好多泥人，还有小狗、小鸟，跟我童年时捏的形象差不多。看来，每个人的潜意识中都有一个神话般的“创世纪”吧?

我问：“十八连在哪里？”

十八连就是《世界上最大的鸟巢》的主人公生活的连队，紧挨沙漠。我高中毕业后就被分配到那里接受“再教育”，那里也是我的父辈那批老兵垦过荒的地方。

那个小男孩突然背对着我，弯下腰，撅屁股，然后，头朝下，通过胯裆朝我看。

两个时空相隔遥远的接头暗号，一下子使我认出了小男孩就是童年的我。儿时，我去渠里、涝坝里洗澡，上来之后也喜欢用这种姿势观看“世界”，好像天地倒了个儿。那种陌生化的视角奠定了我后来写小说的方法。

虚构的洪柳，某种意义上就是我，他是镜子，照亮了我。小时候，我常常设法摆脱身影与我的关系，却做不到；也自以为很伟大——能把太阳看得升起。现在，我意识到自己的渺小了。

孙女现今年龄和我当年进新疆时的年龄相仿。我那时也盼望长大。孙女问她的奶奶：“怎么才算长大？”她的奶奶答：“你比现在还小的时候，不会说话，不会吃饭，不会穿衣。现在，你都会了呀，还会唱歌、跳舞，这就是长大了。”孙女说：“长大是这样呀？”奶奶说：“你还会继续长大。”

我和孙女相处，她常指令我，说：“跟我来。”我就跟着她。她不回头看，知道我会跟着。孙女有一种洞悉亲情的自信，如同《世界上最大的鸟巢》

里的小男孩对和画家的那种忘年交的自信。可见，爱、怜悯、敬畏、尊重是本能的伟大的感情。孙女像个领队，我就返老还童，像个小孩一样紧跟着她。

我把《世界上最大的鸟巢》献给孙女，等她能识字读文了，让她了解爷爷的童年、童年的一个梦，那是我成长的故事。过去，我认为只有小孩要成长，其实，老人也要成长。跟孙女一起成长，是我的荣幸。所以，我跟其他的小孩交流，也会自然而然地蹲下来；一个蹲，一个立，两个脑袋保持同一条水平线，平等交流。梦里，我遇见捏小泥人的那个童年的我。起初，他不理睬我；我蹲下时，赞美了他捏的小泥人，他就把我当回事儿了。现在，我还清晰地记得童年的许多梦。梦绿了沙漠，仅是影响我一生的其中一个梦。为了一个梦，现在的我和童年的我相遇，像福克纳的《熊》里的小男孩去大森林跟老熊相遇那样。我觉得自己的肩上安放着一个

“鸟巢”，里边雏鸟即将破壳而出，能听见啄壳的声音，像叩门。

小说是修改出来的。修改时跟那个叫洪柳的小男孩相似，他执着于那个梦，越梦越来劲儿；我也越改越来劲儿。修改的着力点在于细节。比如第一章出现的一笔带过的榆木，修改时我增加了它的身世，像写一个人一样写一截木头；然后在第三章和第五章，顺笔分别加以照应。

人与物平等、共存，万物有灵，这是我童年时代在沙漠和绿洲生活所奠定的看待世界的视角。整部小说有一个意象：世界上最大的鸟巢，就是搭在树上的木屋。各种细节融合支持生成的一种意象，那是画家的一种活法，也引起了小男孩的兴趣，构成了一个画家和小男孩的友谊故事，也是小男孩的成长故事，他走出了精神困境。我长大了，还有过几次精神“危机”，在表面上别人看不出，而我靠

“自我拯救”走出了迷失的“沙漠”。

我记得在沙漠的夜晚，地暗天明。夜色笼罩着神秘的大地，而天空明朗辽阔如大海。我于1982年底迁回浙江，第一次见到大海，还乘渔船出海。大海波涛汹涌，像沙漠里起了大沙尘暴。

我感觉，大海是流动的沙漠，沙漠是凝固的大海。

据说，远古时代，沙漠曾经是大海，有沙漠里的贝壳为证。童年的我仰望着闪烁的繁星，注视着其中一颗星，我不眨眼，那颗星就沿着我目光的轨道滑下来。

在修改中，那些细节如繁星。完稿后，我感到欣慰，终于圆了童年的一个梦。有些事，尤其是童年往事，当时相当幼稚可笑；过了很多年，回顾时，才显出重要，有了另一番意味。这个梦就是如此。过了半个多世纪，我能找到梦境与现实的界限，可

是，我认为沙漠中有一片绿洲，还保持着生命的绿色，我用这种方式改变了沙漠。

现在的我和童年的我，都为了一个梦。

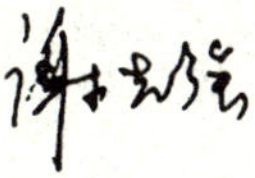